Franziska Gehm
Die Vampirschwestern
Ein zahnharter Auftrag

Alle Abenteuer der Vampirschwestern:

Band 1: Eine Freundin zum Anbeißen
Band 2: Ein bissfestes Abenteuer
Band 3: Ein zahnharter Auftrag
Band 4: Herzgeflatter im Duett
Band 5: Ferien mit Biss
Band 6: Bissige Gäste im Anflug
Band 7: Der Meister des Drakung-Fu

Franziska Gehm

Die Vampirschwestern

Ein zahnharter Auftrag

Loewe

www.die-vampirschwestern.de

ISBN 978-3-7855-6433-2
4. Auflage 2011

Umschlag- und Innenillustration: Dagmar Henze
Umschlaggestaltung: Christian Keller
Printed in Germany (007)

www.loewe-verlag.de

Inhalt

Molch ist gesund

Es war ein goldener Oktobernachmittag. Die Reihenhaussiedlung am nördlichen Rand der Großstadt döste vor sich hin wie ein satter, fauler Hund. Jacob Barton schlurfte mit Stoffturnschuhen über den Gehweg. Sie waren eine halbe Nummer zu groß. Aber sie kamen aus London. Jacob sah auf den rechten Schnürsenkel, der sich gelöst hatte. Er dachte an die Spaghetti, die er sich gleich zu Hause warm machen würde. Vielleicht würde er noch ein Ei dazugeben. Ein Ei hat Eiweiß. Eiweiß macht Muskeln. Und davon hatte Jacob seiner Meinung nach zu wenig.

Jacob schob seine Umhängetasche nach hinten und zog mit der anderen Hand seine Jeans hoch. Sie war eine ganze Nummer zu groß. Jacob bog auf die Hauptstraße. Bis zur U-Bahn-Station Nordheide waren es nur noch wenige Schritte. Kurz vor der Rolltreppe blieb Jacob stehen. Er riss die Umhängetasche auf und kramte mit beiden Händen darin. Er kramte in der linken Ecke. Sein Kopf sank zwei Zentimeter nach unten. Er kramte in der rechten Ecke. Sein Kopf sank vier Zentimeter nach unten. Er kramte in der Mitte. Seine rotblonden Haare berührten den Taschenrand. Gleich wäre Jacobs Kopf in der Tasche abgetaucht.

Hätte nicht …

AAAAAHHHH!
FUUUUMPFS!
SCHLOTZ ZOPPOOO!
... plötzlich jemand geschrien.

Jacobs Kopf schoss nach oben. Er sah zum unteren Ende der Rolltreppe. Er riss die Augen auf. Sein Unterkiefer klappte nach unten.

Am unteren Ende der Rolltreppe lag ein Knäuel. Es bewegte sich. Und stieß Schreie aus. Jacob vermutete, dass es ein Menschenknäuel war. Aber ganz sicher war er sich nicht. Das Geschrei war tierisch, die Bewegungen glichen denen eines Flummiballs.

„Festhalten!“, rief eine hohe Stimme.

„Boi noap“, stöhnte eine raue Mädchenstimme.

„Das schaffst du“, sagte ein Junge.

Jacob kniff die Augen zusammen. Er sah in die dunkle Tiefe des U-Bahn-Eingangs. Waren sie das wieder? Die verrückten Hennen?

Beinahe wäre Jacob auf der Rolltreppe nach unten gefahren, um den Verknäulten zu helfen (wenn ihnen überhaupt noch zu helfen war), hätte nicht ...

AAAAAHHHH !!!

... schon wieder jemand geschrien.

Ganz spitz. Ganz laut. Ganz nah bei seinem Ohr. Jacob zuckte zusammen. Er schrie kurz auf. Nur zur Sicherheit. Direkt vor ihm stand sie. Eine der verrückten Hennen. Wie aus dem Nichts war sie aufgetaucht. Oder hatte er sie auf der Rolltreppe nur übersehen? Jacob blinzelte.

Die verrückte Henne blinzelte aus zwei lindgrünen Augen zurück.

„Hoi! Äh … ich meine, hallo! Schön, dich mal wieder zu sehen. Wir sind ja schon eine ganze Weile nicht mehr aneinander vorbeigerollt, stimmt's?" Die verrückte Henne blinzelte dreimal schnell hintereinander, wickelte eine Haarsträhne um den Finger und lächelte. „Und dann jetzt gleich so ein toller Zusammenstoß, was?"

Jacob zog eine Augebraue hoch. Das war alles.

„Das ist … das ist … ganz toll, nicht wahr? Ein ganz toller Zusammenstoß, genau, das ist es. Boibine! Ich meine, super." Das Mädchen lächelte. Dann sah es zu Boden.

Jacob nickte langsam. Er sah die verrückte Henne genauer an. Um ihre Augen hatten sich kleine rote Kringel gebildet. Sie erinnerten ihn an Saturnringe. Vielleicht, weil ihm das Mädchen insgesamt etwas außerirdisch vorkam. Bis auf die roten Ringe war ihre Haut blass. Sehr blass. Auf ihrer Stirn konnte man ein feines blaues Äderchen erkennen. Sie hatte lange braune Wimpern und feine, verwegen geschwungene Augenbrauen. Ihre lindgrünen Augen schimmerten wie zwei Blätter in einem glasklaren Bach an einem Frühlingstag.

Die rotbraunen Haare quollen unter einem Hut aus lauter Stoffblumen hervor. Der Hut erinnerte Jacob an Uroma Agnes. Es gab ein Foto von ihr im Strandbad. Uroma Agnes trug eine Badekappe. Aus lauter Plastikblumen. Sie ähnelte dem Blumenhut sehr. Todschick und der letzte Schrei.

Gewesen.

Vermutlich so um 1948.

Jacob hatte die verrückte Henne schon mindestens zweimal an der U-Bahn-Station Nordheide gesehen. Mindestens zweimal war sie dabei die Rolltreppe rücklings auf dem Handlauf wie ein Rodeoreiter nach unten gefahren. Sehr extravagant.

„Ich bin übrigens Silvania. Jetzt, wo uns das Schicksal hat zusammenstoßen lassen, können wir uns doch gleich mal kennenlernen, oder nicht?" Silvania hielt Jacob ihre Hand entgegen.

Jacob zögerte einen Moment. Er blickte auf den großen, runden Ring am Mittelfinger des Mädchens. Er sah aus wie ein Auge. Die Pupille bewegte sich. Jacob hob schnell den Blick und sah lieber in Silvanias lindgrüne Augen. Er schüttelte ihre Hand. Sie fühlte sich zart und kühl an. Und ganz weich. „Jacob."

Silvania grinste.

Jacob grinste.

Silvania wickelte eine rotbraune Haarsträhne um den Zeigefinger und schielte abwechselnd zu Jacob und in den blauen Herbsthimmel. Himmel. Jacob. Himmel.

Jacob steckte die Hände in die Hosentaschen und sah auf seine Schnürsenkel. Er dachte nicht mehr an Spaghetti.

„Wohnst du auch hier in der Gegend?", fragte Silvania.

Jacob schüttelte den Kopf. „Gebe hier nur Nachhilfe."

„Nachhilfe. Toll!" Silvania grinste. „In welchen Fächern?"

Jacob kratzte sich hinter dem Ohr. Nachhilfe war toll? Na ja. „Meistens Englisch. Manchmal auch Mathe."

Die lindgrünen Augen funkelten. „Englisch! Ich lie..." Silvania hüstelte. „Ich meine, ich bin grottenschlecht in Englisch. Wirklich, vollkommen hoffnungsloser Fall. Kann mir keine Vokabeln merken. Genau genommen kann ich kein einziges Wort."

Jacob runzelte die Stirn. „Das glaube ich nicht. Garantiert weißt du, was zum Beispiel Milch auf Englisch heißt."

Die verrückte Henne dachte lange nach. Sie streckte die Zunge vor Anstrengung heraus. Sie zog die Augenbrauen zusammen. Das blaue Äderchen auf ihrer Stirn krümmte sich. Dann lächelte sie auf einmal. „Ich hab's!", sagte sie und wippte auf den Zehenspitzen. „Molch!" Sie sah Jacob triumphierend an.

Jacob riss entsetzt die Augen auf. „Du bist ja echt grottenschlecht!"

„Sag ich doch." Die verrückte Henne grinste.

„Du brauchst Nachhilfe."

Silvania nickte heftig. „Intensivnachhilfe."

Da hatte die verrückte Henne recht, dachte Jacob. Er sah sie einen Moment mitleidig an. „Ich sag's dir gleich: Eine Stunde bei mir kostet fünf Euro fünfundfünfzig."

Silvania zog die Augenbrauen hoch. Sie zählte etwas an den Fingern ab. Sie runzelte die Stirn. Dann lächelte sie wieder. „Geht klar. Meine Oma sagt immer: Bei Bildung und bei Schuhen darf man nicht auf den Preis, sondern nur auf Qualität achten. Oder meinte sie Bikinis und Schuhe? Na, egal, auf jeden Fall kann Oma Zezci perfekt Englisch."

Jacob nickte mit offenem Mund. Schuhe, Bikinis, Bildung. Alles klar.

„Geht es bei dir gleich morgen?", fragte Silvania.

„Morgen finde ich gut. Wir sollten schnellstens anfangen. 15 Uhr?"

Während die verrückte Henne ihm die Adresse aufschrieb, sah er zur Rolltreppe. Das Menschenknäuel hatte sich gelöst. Zwei Mädchen und ein Junge kamen die Rolltreppe heraufgefahren. Der Junge hatte halblange dunkle Haare. Er starrte ernst und eisern in die Luft wie ein Soldat bei einer Parade. Auf der Stufe hinter ihm stand ein schlankes blondes Mädchen. Zwischen dem blonden Mädchen und dem Jungen klemmte die zweite verrückte Henne. Jacob erkannte ihre schwarze Stachelhaarfrisur sofort.

„Dann sehen wir uns also morgen." Silvania atmete lautstark aus, als sie Jacob den Zettel mit der Adresse gab. „Unsere erste Nachhilfestunde."

Jacob steckte den Zettel in die Hosentasche. Er zog seine Hose mit einer Hand hoch, sah die verrückte Nachhilfehenne an und lächelte kurz zum Abschied. Dann ging er zur Rolltreppe. Molch, dachte er und schüttelte kaum merklich den Kopf. Das würde nicht leicht werden. Ganz und gar nicht. Er stieg auf die Rolltreppe und fuhr in die Tiefe. Einen Moment dachte er daran, sich wie ein Rodeoreiter auf den Handlauf zu schwingen. Aber nur einen Moment.

Sterne im Wasserfall

„Schlotz zoppo!“ Daka stolperte von der Rolltreppe. Sie klammerte sich im Fall an Ludo. Ludo fiel auf Silvania, die mit roten Ringen um die Augen wie im Traumzustand am Ende der Rolltreppe stand. Helene hüpfte als Letzte von der Rolltreppe. Sie griff nach Daka und wollte sie zurückziehen. Vergebens. Helene verlor das Gleichgewicht. Die Freunde flogen wie Dominosteine – klack, klack, klack – aufeinander.

Silvania wurde aus ihrem Traumzustand geweckt. Sehr unsanft. „Ihr seid unmöglich!“

„Wer?“, fragte Ludo.

„Wir?“, fragte Daka.

„Unmöglich?“, fragte Helene.

Silvania seufzte. Sie sah ihre Zwillingsschwester und ihre Freunde an und musste grinsen. Natürlich hatte es mal wieder Rolltreppenrandale gegeben.

Seit die Zwillingsschwestern Silvania und Dakaria Tepes aus ihrem unterirdischen Heimatort in Transsilvanien in die Großstadt Bindburg gezogen waren, standen sie mit Rolltreppen auf Kriegsfuß. Beziehungsweise standen sie überhaupt nicht auf Rolltreppen, egal mit welchem Fuß. Am liebsten stiegen sie wie Reiter auf den schwarzen Handlauf und ritten die Rolltreppe nach oben. Oder nach unten, je nachdem. Am allerliebsten hätten sie sich einfach geflopst oder wären geflogen. Aber das war verboten. Ihre Mutter hatte sieben radikale Regeln für das Leben unter Menschen aufgestellt. Ihre Mutter war eine kluge Frau. Und Silvania und Daka hielten sich klugerweise an ihre Regeln.

Meistens.

Doch wann würden Dakaria und Silvania jemals lernen, alleine wie normale Menschen Rolltreppe zu fahren? Es musste ja nicht gleich freihändig sein. Es gab da ein entscheidendes Problem: Sie waren keine normalen Menschen. Sie waren Halbvampire. Darüber waren sie nicht immer froh. Manchmal wünschte sich Silvania, ein waschechter Mensch zu sein. Daka wünschte sich öfters, ein Vollblut-Vampir zu sein.

Silvania rückte den Blumenhut gerade, der beim Zusammenstoßen mit Ludo, Daka und Helene zur Seite gerutscht war. Nur gut, dass sie sich rechtzeitig zum oberen Ende der Rolltreppe geflopst hatte und somit der Rolltreppenrandale entgangen war. Das war gegen die sieben radikalen Regeln (Silvania wusste das und hatte drei Sekunden lang ein schlechtes Gewissen), aber als Silvania ihre Rolltreppenbekannschaft am oberen Ende hatte stehen sehen, konnte sie nicht anders. Es machte wie von selbst *flops*! Kein Wunder, es ging schließlich um Leben und Tod. Na ja, nicht ganz. Aber immerhin um Liebe. Oder? „Beinahe hättet ihr mich vor Jacob blamiert."

„Wie das denn?", wollte Ludo wissen.

„Nur beinahe?", fragte Daka.

„Welcher Jacob?“, fragte Helene.

Silvania zupfte an ihrem knallroten Oberteil. Die Ringe um ihre Augen passten farblich hervorragend dazu. „Jacob ist mein Nachhilfelehrer.“

„Dein WAS?“ Daka blieb der Mund offen stehen.

Helene machte eine apfelgroße Blase mit ihrem Kaugummi und ließ sie platzen. „Nicht schlecht!“

Ludo sagte nichts. Er sah Silvania mit seinen ockerfarbenen Augen an, als wolle er ihr Innerstes durchleuchten.

„Seit wann brauchst du denn Nachhilfe?“, fragte Daka.

„Seit ...“, Silvania sah auf die Uhr, „... fünf Minuten und dreiunddreißig Sekunden.“

Daka überlegte einen Moment. „Gibt der Typ etwa Nachhilfe im Fliegen?“ In Bistrien gab es nur ein Schulfach, in dem ihre Schwester richtig schlecht gewesen war: Fliegen. Fliegen war Dakas Lieblingsfach. Gleich nach Tierkunde.

„Gumox! In Englisch“, antwortete Silvania.

„Hä? Du redest doch Englisch wie die Queen.“ Daka sah ihre Schwester ratlos an.

Silvania zuckte mit den Schultern. „Dann ist es eben keine Nachhilfe, sondern Vorhilfe. Von zu viel Lernen ist noch keiner verblödet. Wie sagt Onkel Vlad immer: Lenoi mutza flatliac!“

„Lila Mütze?“ Helene klopfte mit dem Zeigefinger auf ihr Hörgerät. Es steckte in ihrem Ohr und war ganz klein. Unter den langen blonden Haaren sah man es kaum. Das fand Helene gut so. Das Hörgerät war ihr Geheimnis. Bis auf Daka, Silvania und Ludo wusste niemand in der Klasse etwas davon. Auch nicht von ihrem Hobby: Friedhofsbesuche. Am liebsten in der Abenddämmerung. Schon allein bei dem Gedanken bekam Helene vor Vorfreude eine Gänsehaut. Sie fuhr sich über den Arm. Sie hatte ihn mit lauter kleinen Monstern bemalt. Das war ihr anderes Hobby.

„Flat- was?“, fragte Ludo.

„Das heißt so viel wie: Den Faulen beißt die Fledermaus“, übersetzte Daka aus dem Vampwanischen – eine der ältesten und schwierigsten Sprachen der Welt. Und, wie die Vampire fanden, eine der schönsten.

Helene und Ludo nickten verständig.

„Genau. Und deshalb kommt Jacob morgen zu mir“, fuhr Silvania fort.

„Du meinst zu uns?“, fragte Daka.

„Habt ihr seine Augen gesehen?“ Silvania sah verträumt in den Himmel.

Daka verschränkte die Arme. „Nö.“

„Sie funkeln wie Sterne in einem Wasserfall.“ Silvania seufzte.

„Sterne im Wasserfall? Wie sollen die denn da reinkommen?“ Daka runzelte die Stirn.

„Wir haben uns berührt.“ Silvania sah auf ihre rechte Handfläche. Sie roch daran.

Daka beugte sich vor, roch an der Hand ihrer Schwester und rümpfte die Nase. „Würde sagen, Pausenbrot.“ Sie fügte fachmännisch hinzu: „Salami.“

„Seine Hand war ganz weich. Aber nicht schwabbelig. Einfach genau richtig. Versteht ihr?", sagte Silvania.

Ludo kratzte sich an der Nase und sah zu Boden.

Helene nickte langsam.

Daka sah sich ratlos um. „Genau richtig wozu? Zur Englisch-Nachhilfe?" Sie hielt sich die Hände vors Gesicht und betrachtete die Innen- und Außenflächen. Hatte sie auch Nachhilfe-Hände?

Helene flüsterte Silvania zu: „Ich verstehe dich."

Silvania lächelte Helene zu. Davon hatte sie immer geträumt: eine richtige Freundin zu haben. Eine Freundin, mit der man über die wesentlichen Dinge im Leben sprechen konnte: Liebe. Liebe. Liebe. Ach ja, und …

Liebe.

Mit ihrer Schwester konnte Silvania auch über alles reden. Fast alles. Nur in Sachen Liebe war Daka als Gesprächspartner so hilfreich wie eine Litfaßsäule. Sie war einfach noch nicht so weit. Sie war sieben Minuten jünger als Silvania. Bei solchen Dingen zählte jede Sekunde.

Helene hakte sich bei Silvania ein. „Weißt du schon, was du morgen anziehst?"

Silvania zuckte zusammen. „Fumpfs! Ich habe gar nichts anzuziehen!"

„Dein Kleiderschrank explodiert bald wegen Überfüllung", erinnerte sie Daka.

„Trotzdem habe ich nichts anzuziehen", beharrte Silvania.

„Hä?" Daka kratzte sich in ihrer Stachelhaarfrisur.

„Ich meine, nichts Besonderes."
„Braucht man für Englisch-Nachhilfe besondere Klamotten? Schutzkleidung oder so was?"
Helene und Silvania verdrehten die Augen.
Ludo räusperte sich.
„Ach, alles klar!", rief Daka und schlug sich kurz an die Stirn. „Du brauchst ein wasserdichtes Oberteil und eine Gesichtsmaske, damit du beim Üben vom *th* nicht den Nachhilfelehrerspeichel abbekommst."
„Igitt!", rief Silvania.
„Voll eklig", fand Helene.
Ludo schüttelte sich.
Daka verschränkte die Arme. Natürlich war das mit dem wasserdichten Oberteil und der Gesichtsmaske nur Gumox gewesen. Aber trotzdem hatte sie das Gefühl, etwas zu verpassen. Etwas ganz Entscheidendes, was die anderen nicht verpasst hatten. Daka hasste es, etwas zu verpassen. Bis auf die Straßenbahn zur Schule. „Irgendwas stimmt doch nicht mit dieser Nachhilfe." Daka sah Helene, Ludo und Silvania der Reihe nach an.
Helene kicherte leise.
Ludo hatte eine interessante Wolke am Himmel entdeckt.
Silvania fuhr sich sanft mit der rechten Handfläche über die Wange. Sie starrte mit einem Lächeln auf dem leicht geöffneten Mund vor sich hin.
Daka musterte ihre Schwester. Silvania sah nie ganz normal aus. Aber jetzt sah sie besonders merkwürdig aus. Etwas … verwirrt. Vielleicht hatte Sil-

vania nicht genügend Heimaterde im Anhänger ihrer Kette und stand kurz vor einem Schwächeanfall. Wie damals im Sportunterricht, als sie singend und torkelnd vom Schwebebalken gefallen war. Hätte Daka ihre Schwester nicht gerettet, wäre sie womöglich in ein lebensgefährliches Koma gefallen. Die Klassenkameraden und Frau Renneberg waren schwer beeindruckt von der ersten Heimaterde-Hilfe.

Auch jetzt schien Silvania vollkommen weggetreten zu sein. Daka überlegte, ob sie schon mal einen Krümel Heimaterde zwischen den Zehen hervorpulen sollte. Sollte ihre Schwester umkippen, konnte sie ihr den Krümel ratzfatz in die Nase stopfen. Zack! Koma verhindert. Schwester gerettet. Alles gut.

Doch bis auf den verklärten Blick, das Lächeln und die roten Ringe um die Augen machte ihre Schwester einen standfesten Eindruck. Sie torkelte nicht. Sie sang auch keine transsilvanischen Heimatlieder. Sie summte noch nicht einmal leise. Plötzlich erinnerte sich Daka, woher sie diesen Gesichtsausdruck bei ihrer Schwester kannte. Den legte Silvania immer dann auf, wenn ihr Gesicht zwischen zwei Buchdeckeln eines fetten Liebesromans steckte.

Daka ahnte Schlimmes. Sie stöhnte. „Hat das etwa was mit Knutschen, Händchenhalten und anderen ekligen Sachen zu tun?“

Helene und Ludo nickten.

Silvanias rote Ringe um die Augen flimmerten wie Hula-Hoop-Reifen.

„Und dafür lässt du dir freiwillig Nachhilfe geben?“ Daka sah ihre Schwester fassungslos an.

„Ich zahle sogar fünf Euro fünfundfünfzig dafür“, sagte Silvania.

Daka schlug sich mit der flachen Hand an die Stirn. Es klatschte. „Schnappobyx memu!“

Das war auch Vampwanisch und hieß so viel wie ‚Prost Mahlzeit!‘.

„Weißt du, was man für fünf Euro fünfundfünfzig alles kaufen könnte? Dafür bekommst du sieben Banane-Schokoriegel oder elf Eiskugeln oder 800 Gramm Hack oder viermal Pomm…“

„Daka?“ Helene legte die Hand auf Dakas Schulter.

„Was?“

„Silvania kauft sich eben lieber Nachhilfestunden statt 800 Gramm Hack.“

Ludo zuckte mit den Schultern. „Reine Geschmackssache.“

„Geschmackssache?“ Daka schüttelte den Kopf. Sie folgte Silvania, Ludo und Helene in den Lindenweg. Dass Hackfleisch etwas mit Geschmack zu tun hatte, war Daka klar. Aber was an Englisch-Nachhilfe lecker sein sollte, ein Rätsel. Okay, vielleicht war es gesünder. Aber trotzdem! „Fünf Euro fünfundfünfzig“, murmelte Daka vor sich hin, während sie den Lindenweg entlangging.

Ganz am Ende des Lindenwegs, im Reihenhaus Nummer 23, wohnten die Tepes. Mihai und Elvira Tepes waren mit ihren Töchtern Daka und Silvania vor ein paar Wochen nach Bindburg gezogen.

Bindburg war Elviras Heimatstadt. Nachdem sie über dreizehn Jahre mit ihrem Vampir-Ehemann und ihren Halbvampir-Töchtern in Bistrien mitten in Transsilvanien gelebt hatte, war es an der Zeit, in die Heimat zurückzukehren, fand Elvira Tepes. Mihai Tepes war zwar schon 2676 Jahre alt, trotzdem war er ein moderner Ehemann. Seine Frau hatte die gleichen Rechte wie er. Er verstand, dass sie Heimweh hatte. Er verstand, dass es nur gerecht war, jetzt in Deutschland zu leben. In seinem Kopf verstand er das alles. Aber in seinem Herzen loderte Heimweh. Er sehnte sich nach den transsilvanischen Wäldern, den nächtlichen Ausflügen mit seinem Bruder Vlad und den köstlichen blutig-spritzigen Häppchen vom Schlachter Sangrasa ums Eck.

Auch Daka erinnerte sich ab und zu an Schlachter Sangrasa. Wenn sie an die blutigen Auslagen dachte, fing sie zu sabbern an. So wie jetzt auf dem Heimweg. Daka schluckte den Speichel herunter und dachte lieber an ihr Vorhaben. Das war zwar keine blutige, aber eine heikle Angelegenheit.

Die Zwillinge hatten beschlossen, dass ihre Eltern heute ihren neuen Freund Ludo kennenlernen sollten. Mihai und Elvira Tepes wussten noch nichts von diesem Beschluss. Ein spontanes Aufeinandertreffen war sicher am besten. So hatte es bei Helene schließlich auch funktioniert. Helene war Mihai und Elvira Tepes bei ihrem ersten nächtlichen Ausflug mit den Zwillingen direkt in die Arme geflogen. Mit einem Nudelsieb auf dem Kopf. Auf einer Klobrille sitzend. Ein stürmisches Kennenlernen.

Helenes Papa, den Zahnarzt Dr. Peter Steinbrück, kannten Mihai und Elvira Tepes auch schon. Er war Elviras Vermieter. Elvira Tepes hatte unter seiner Zahnarztpraxis in der Innenstadt einen kleinen Laden angemietet. Der Laden hieß „Die Klobrille". Er lief wie geschmiert. Frau Tepes verkaufte nach Kundenwünschen gestaltete Klobrillen. Eine echte Marktlücke. Lückenlos stapelten sich derweil die Klobrillen im zweiten Kinderzimmer der Tepes. Frau Tepes hatte die Klobrillen in Transsilvanien günstig mit Massenrabatt erstanden. Daher mussten sich Daka und Silvania ein Zimmer teilen.

Nur für ein, zwei Monate.

Oder drei.

Oder dreihundertfünfundfünfzig.

„Fünf Euro fünfundfünfzig", murmelte Daka noch immer, als sie bereits auf der Hälfte des Lindenwegs waren.

Helene lief im Trippelschritt rückwärts vor Ludo her. „Siehst du irgendetwas voraus?"

Ludo Schwarzer war nicht ganz normal. Er konnte in die Zukunft sehen. Manchmal. Leider war das Bild oft verschwommen. Schlechter Empfang. Ludos Opa meinte, Ludo hätte eine große Gabe. Ludos Vater meinte, er würde zu viel fernsehen.

„Wegen der Klassenarbeit beim Graup?", fragte Ludo.

„Nein. Wegen Jacob und Silvania", antwortete Helene.

„Ach so." Ludo blieb stehen, schloss die Augen und presste die schmalen Lippen aufeinander.

Alle anderen waren ebenfalls stehen geblieben. Sie betrachteten Ludo aufmerksam. Er atmete heftig. Dann machte er seltsame Geräusche. Er quietschte, er grunzte. Auf einmal zischte er wie ein Fahrradreifen, aus dem die Luft entweicht. Helene, Daka und Silvania wichen unwillkürlich zurück.

Plötzlich riss Ludo die Augen auf. Seine Wangen leuchteten rot. Er blinzelte ein paarmal, rollte den Kopf und schüttelte die Arme aus.

„UND?“, fragten die Mädchen wie aus einem Mund.

Ludo zuckte mit den Schultern. „Viel habe ich nicht gesehen. Auf jeden Fall kommt Jacob zur Nachhilfe. Und Silvania hat auf jeden Fall etwas an.“

„Gut zu wissen“, fand Daka.

Silvania sah Ludo mit weit aufgerissenen Augen fragend an.

„Na ja, weil du doch meintest, du hättest nichts zum Anziehen“, erklärte Ludo.

Die vier Freunde waren am Reihenhaus Nummer 23 angekommen. Während Silvania noch Ludos Vorhersage verdaute, fragte sich Daka, wie ihre Eltern auf ihren weitsichtigen Überraschungsgast reagieren würden. Doch noch nicht einmal Ludo sah voraus, dass er nicht die einzige Überraschung im Hause der Tepes sein sollte.

Toilettenrauschen

Dirk van Kombast stand mit seinen himmelblauen Püschelhausschuhen auf dem Klodeckel. In der linken Hand hielt er eine Gebrauchsanweisung. In der rechten Hand ein Abhörgerät. Es sah aus wie eine kleine Satellitenschüssel, aus deren Mitte ein Richtmikrofon herausragte. Dirk van Kombast studierte die Gebrauchsanweisung. Er sah das Abhörgerät an. Er runzelte die Stirn.

Vor ein paar Tagen war Dirk van Kombast von der „VI. International Vamptology Conference" in New York zurückgekehrt. Der Vampirologenkongress war anstrengend gewesen, aber auch äußerst interessant. Ein Taxi hatte Dirk van Kombast vom Flughafen in die Reihenhaussiedlung gefahren. Mit einer leichten Erkältung, einem Jetlag und jeder Menge neuer Anregungen war er im Lindenweg Nummer 21 ausgestiegen.

„Press switch A to switch on the appliance", las Dirk van Kombast. Er drehte das Abhörgerät hin und her. Nach oben und nach unten. Er hielt es näher ans Licht. Schließlich fand er „Switch A". Er drückte auf den Schalter. Erwartungsvoll sah er das Gerät an.

Das Abhörgerät knatterte. Dirk van Kombast stellte es dicht an das kleine Toilettenfenster. Es zeigte zum Nachbarhaus Nummer 23. Er setzte sich die Kopfhörer auf. Dann hockte er sich auf die Toilette und lauschte.

Rauschen – „ich war" – *Rauschen* – „rascht wie du" – *Rauschen* – „mein Brud..." – *Rauschen* – „nicimo!" – *Rauschen* – „Elvira, du weißt do..." – *Rauschen*.

Dirk van Kombast stand wieder auf. Das Abhörgerät hatte offenbar einen Wackelkontakt. Dabei war es ein originalverpacktes „Vampire-Best-Buy-Bug" vom Vampirologenkongress. Laut Beipackzettel in Extremsituationen in Transsilvanien von erfahrenen Vampirjägern getestet und für unerlässlich befunden.

Dirk van Kombast wackelte am Kabel. Er schaltete „Switch A" an und aus. Er klopfte auf die Kopfhörer. Dann hörte er wieder die Stimme von Herrn Tepes. Seinem neuen Nachbarn. Ein sehr seltsamer Mann. Wenn er überhaupt ein Mann war. Damit meinte Dirk van Kombast nicht, dass Herr Tepes eine Frau war.

Seit die Tepes in das Reihenhaus Nummer 23 eingezogen waren, hatte Dirk van Kombast einen unheimlichen Verdacht. Bis jetzt wusste er nur eins ganz sicher: Normale Menschen waren die Tepes nicht. Zu dem Ergebnis war er nach Auswertung seiner im Laptop gesammelten Beobachtungen gekommen.

Hätten die Leute von Dirk van Kombasts Hobby gewusst, hätten sie ihn für einen Spinner gehalten. Doch er war kein Spinner. Er war ein gut aussehender Pharmavertreter Ende dreißig. Manche

Frauen fanden ihn unwiderstehlich gut aussehend. Sein Äußeres war tipptopp gepflegt. Nie vergaß er die Zahnseide beim Zähneputzen. Nie hatte er abgeknabberte Fingernägel. Nie lag eine Haarsträhne nicht dort, wo sie hingehörte.

Müsste man raten, was seine Hobbys waren, hätte man auf Golf, Pferderennen oder Austern-Essen getippt. Vielleicht auch auf kulturelle Städtereisen. Gar nicht so verkehrt. Doch wenn Dirk van Kombast nicht gerade Squash spielte, beim Friseur, bei der Maniküre oder im Solarium war, dann ging er auf die Jagd. Er jagte weder Häschen, Wildschweine, noch Löwen. Dirk van Kombast jagte Vampire.

Er hatte sich und seiner Mutter geschworen, den Kampf gegen die blutsaugenden Ungeheuer aufzunehmen. Sie hatten Dirk van Kombasts Mutter in den Wahnsinn getrieben. Sie hatten seine Mutter in die geschlossene psychiatrische Anstalt gebracht. Sie hatten ihm seine Mama weggenommen. Dirk van Kombast wollte Rache.

Er drückte die Kopfhörer fest auf die Ohren. Er horchte. Sollte sich sein unheimlicher Verdacht bestätigen, dann hatte er jetzt eine ganze Vampirfamilie direkt vor der Nase. Beziehungsweise den Ohren.

Das Gespräch zwischen Elvira und Mihai Tepes war hochinteressant. Das Rauschen dazwischen allerdings nicht. Dirk van Kombast wackelte ein paarmal am Kabel. Das Rauschen blieb. Daran war wohl im Moment nichts zu ändern. Er würde das Gerät später zur Reparatur bringen. Jetzt wollte er hören, was die Tepes besprachen. Auch wenn es ab und zu rauschte – immer noch besser, als gar nichts zu hören.

Dirk van Kombast machte es sich auf der Toilette bequem. Wie angenehm, dass der Klodeckel mit flauschigem Stoff bezogen war. Den geblümten Toilettenbezug hatte ihm seine Mutter zu Ostern geschenkt. Dirk van Kombast strich versonnen über die weichen Fusseln, während er dem Gespräch von Herrn und Frau Tepes lauschte.

Auf einmal hörte er weitere Stimmen. Er klopfte auf die Kopfhörer. Er wackelte am Kabel. Er zwickte sich in die Nase. Die Stimmen blieben. Dann erkannte er sie: Das waren die Töchter. Zwei seltsame Mädchen. Die eine, etwas rundere, trug altmodische Hüte und Handschuhe bis zum Ellbogen. Sie blinzelte immer, wenn sie ihn grüßte. Das andere Mädchen sah aus, als hätte es den Kopf in ein rußschwarzes Ofenrohr gesteckt und nach der Explosion wieder herausgezogen. Das wäre eine mögliche Erklärung dafür, dass ihre Haare in alle Richtungen abstanden. Beide Mädchen waren leichenblass. Dirk van Kombast fand auch, sie rochen etwas muffig. Aber oft war er noch nicht in ihre Nähe geraten. Das war sicher auch besser so.

Vermutlich waren die Zwillinge gerade aus der Schule nach Hause gekommen. Familie Tepes war vollständig. Dirk van Kombast riss ein Stück vom fünflagigen Klopapier ab, putzte sich die Nase und atmete tief durch. Von jetzt an wollte er kein Wort mehr verpassen.

In der Finsternis

Im Keller des Reihenhauses Nummer 23 war es finster wie im Schlund eines Wals. Bis auf ein unregelmäßiges Atmen links neben ihm und ein leises Aufstoßen rechts neben ihm war es totenstill. Der Raum war kalt. Das lilafarbene Polster im Sarg war weich und roch modrig. Die Heimaterde war feucht und klebrig.

Der Sarg war etwas zu klein für ihn. Seine spitzen Lackschuhe stießen ans Sargende. Seine Lockenpracht wurde vom oberen Sargende zusammengedrückt. Wer in fremden Särgen schlief, durfte nicht wählerisch sein. Das war nur eins der kleineren Opfer. Weit größere Qualen standen bevor.

Er starrte in die Finsternis. Das Monokel klemmte wie immer vor dem grünen Auge. Seit er einen Spritzer Tzaziki ins Auge bekommen hatte, musste er es tragen. Es machte ihm nichts aus. Seiner Frau auch nicht. Sie fand ihn mit Monokel noch attraktiver. Sie hatte Geschmack.

Sein Magen knurrte. Wie gut, dass er immer etwas Trockengetier zum Knabbern dabeihatte. Geschickt fingerte er aus der Westentasche eine Spinne. Sie war schwarz, behaart und platt gedrückt. Er steckte sie in den Mund. Es knackte, als er zubiss. Sie schmeckte köstlich.

Er fuhr sich mit der langen, spitzen Zunge über

die Lippen und die beiden Eckzähne. Dann atmete er tief ein. Es roch ungewohnt, fremd, aber nicht unangenehm. Ein Hauch von Mensch lag in der Luft. Er schloss die Augen. Er musste Kräfte sammeln. Übermenschliche Kräfte. Was ihnen bevorstand, würde jeden Schweiß- und Blutstropfen fordern. Um sein Ziel zu erreichen, würde er bis ans Äußerste gehen. Er war ein Kämpfer.

Er war nicht allein. Sie waren zu dritt. Noch schlummerten sie im Dunkeln. Bald würden sie hervorkommen. Aus den Tiefen des Kellers vom Reihenhaus Nummer 23. Dann würden sie handeln müssen. Sofort. Rückhaltlos. Es ging um Leben und Tod.

Virus im Wohnzimmer

Elvira und Mihai Tepes saßen auf der blutroten Couch im Wohnzimmer. Mihai Tepes hatte die Strümpfe ausgezogen. Seine Füße steckten in einem Katzenklo, das mit transsilvanischer Heimaterde gefüllt war. Er wackelte mit den Zehen, zwischen die ein paar Erdkrümel gerutscht waren. Er schüttelte sich vor Wohlbefinden. Herrlich! Am liebsten würde er sich jetzt noch ein Gläschen Karpovka einschenken und „Transsilvania, rodna inima moi“ singen. Aber das wäre wohl zu viel für seine Töchter und ihre neuen Freunde. Und für seine Frau.

Elvira Tepes trank Kaffee aus ihrer Lieblingstasse, die wie ein Klo mit Deckel geformt war. Ihr Vermieter hatte ihr die Tasse zur Ladeneröffnung geschenkt. Herr Tepes stellte die Tasse nach dem Abwaschen immer ganz hinten in den Schrank. Frau Tepes holte sie immer wieder hervor.

Elvira Tepes lächelte ihren Töchtern zu. Wie schön, dass sie so schnell Freunde gefunden hatten. Sie musterte den neuen Besucher. Dieser Ludo sah wirklich nett aus. Nur einen etwas merkwürdigen Blick hatte er. Vielleicht saß er zu lange vor dem Computer.

„Und, wie sieht's aus, Lumbo? Irgendwelche spannenden Hobbys? Schon mal mit Rennzecken versucht?“, fragte Herr Tepes. Mihai Tepes hatte im Keller eine Rennzeckenzucht. Er war sehr stolz darauf. Leider hatte er bis jetzt in Bindburg trotz intensiver Suche noch keine Interessenten für Rennzeckenwetten gefunden. In Bistrien waren Rennzeckenwetten das Freizeitvergnügen überhaupt. Herr Tepes konnte sich nicht vorstellen, dass Fußball spannender sein konnte. Das behauptete sein Schwiegervater hartnäckig.

„Ähm ... ich heiße Ludo. Was soll ich mit Zecken versucht haben?“

„Rennzecken. Feinste Zucht! Wir lassen sie gegeneinander antreten. Magst du wetten?“ Herr Tepes hatte sich aufgerichtet und sah Ludo hoffnungsvoll an.

Ludo schüttelte schnell den Kopf.

Herr Tepes ließ sich zurück auf die Couch fallen.

Daka und Silvania standen neben Ludo und Helene. Sie waren froh, dass sie die Vorstellungsrunde bei den Eltern so gut überstanden hatten. Ludo kam gut an. Auch wenn er nicht auf Rennzecken stand.

Daka legte die Hand auf Ludos Schulter und schob ihn Richtung Tür. „Dann gehen wir mal nach oben in unser Zimmer.“

„Wir wollen euch nicht länger stören“, fügte Silvania hinzu.

„Ihr stört doch nicht!“, rief Herr Tepes.

Frau Tepes kniff ihren Mann in die Seite und flüsterte: „Aber wir.“

Herr Tepes zog die Augenbrauen hoch. „Ach.“

Daka hatte Ludo schon fast durch die Tür geschoben, als dieser sich umdrehte und die Hand hob. „Äh … eine Frage habe ich noch."

„Gerne, Sumo." Herr Tepes lächelte ihm aufmunternd zu.

„Nicht an Sie, an Ihre Frau", sagte Ludo.

„So." Herr Tepes verschränkte die Arme.

Ludo sah kurz zu Daka und Silvania. Sie warfen ihm einen fragenden Blick zu. Dann wandte er sich an Frau Tepes. „Können Sie eigentlich auch fliegen?"

Elvira Tepes starrte Ludo drei Sekunden lang an. Sie schluckte den Kaffee im Mund herunter. Dann bekam sie einen Hustenanfall. Ihre rosigen Wangen wurden purpurrot. Ihre nachtblauen Augen immer größer. Herr Tepes klopfte ihr auf den Rücken. Der zarte Körper wurde erschüttert. Das Husten klang wie der Motor von Herrn Tepes' altem Dacia, wenn er mal wieder nicht anspringen wollte.

Schließlich gelang es Frau Tepes, den Deckel ihrer Toilettentasse zu öffnen. Sie nahm einen kräftigen Schluck. Einen Moment schloss sie die Augen. Sie atmete tief durch. Ihre Wangen nahmen wieder ihre normale Farbe an. Sie öffnete die Augen und sah abwechselnd Silvania und Daka an. Ihr Mund war schmal und gerade wie eine Peitsche. „Hatten wir nicht ausgemacht, dass wir bestimmte Sachen bestimmten Personen ganz bestimmt nicht erzählen?", fauchte sie.

Die Zwillinge standen kerzengerade.

„Ja, schon, aber …", begann Daka.

„Wir haben doch nur …", versuchte es Silvania.

„Kein Aber und kein Nur!", schnitt ihnen Frau Tepes das Wort ab. Sie war eine kleine, zierliche Frau. Aber ihre Stimme war gewaltig.

Sogar Herr Tepes rutschte unruhig auf der Couch umher.

„Was weißt du über uns?" Frau Tepes sah Ludo ernst in die Augen.

Ludo schielte von Frau Tepes zu den Zwillingen und zurück.

Die Zwillinge zuckten mit den Schultern. Es war sowieso alles zu spät.

„Ich weiß nur, dass Daka und Silvania Halbvampire sind, dass Sie", Ludo sah zu Frau Tepes, „ein Mensch sind und Ihr Mann ..." Ludo musterte Herrn Tepes mit großen Augen und raunte: „Ein echter Vampir."

Herr Tepes nickte und streckte die Brust heraus.

Ludo legte die Hand aufs Herz. „Das ist alles. Ich schwöre es!"

„DAS IST ALLES?" Frau Tepes war von der Couch aufgesprungen. „Potztausend! Das ist tatsächlich alles. Alles, was ihr", Frau Tepes sah ihre Töchter an, „niemandem erzählen solltet!"

„Wir haben es Ludo gar nicht erzählt", warf Daka ein.

„Kein Wörtchen", bestätigte Silvania.

„Ich kann's bezeugen", sagte Helene.

„Und wieso weiß er es dann?", fragte Frau Tepes. Ihre nachtblauen Augen funkelten wütend. „Kann er etwa hellsehen?"

„Äh ... Genau", sagte Daka.

„Also, vielleicht nicht richtig hellsehen“, meinte Silvania.

„Aber ein bisschen schon“, fand Helene.

Frau Tepes klappte der Mund auf.

Ihr Mann zog an ihrem Pullover. „El Virus, komm, setz dich wieder“, sagte er sanft. El Virus nannte er seine Frau immer, wenn sie wütend war. Was nicht oft vorkam. Aber es kam vor. In manchen Punkten war Elvira Tepes empfindlich. Mihai Tepes kannte diese empfindlichen Punkte seiner Frau sehr genau. Es waren ihre Kniekehlen, ihr rechtes Ohrläppchen und die Wahrung der geheimen Identität ihres Mannes und ihrer Kinder. In Bistrien hatte Mihai Tepes seine Frau vor bissigen Vampiren beschützt. In Deutschland wollte Frau Tepes ihre Familie beschützen. Niemand sollte herausfinden, dass in einer deutschen Reihenhaussiedlung ein Vampir und zwei Halbvampire wohnten. Frau Tepes hatte Angst. Sie fürchtete, dass man ihren Mann und ihre Töchter wegsperren würde. Ins Gefängnis oder in die Irrenanstalt. Sie wusste nicht, was schlimmer war.

Herr Tepes sah das Ganze etwas gelassener. Er war als zweiter Sohn einer ehrwürdigen Vampirfamilie geboren worden, er war seit 2676 Jahren Vampir, er würde immer ein Vampir bleiben. Und wenn es darauf ankam, würde er allen zeigen, was er war. Wollten sie ihn wegsperren, mussten sie ihn erst einmal kriegen.

Elvira Tepes ließ sich von dem Gezuckele ihres Mannes am Pullover nicht beeindrucken. Sie blieb stehen. „Du kannst also hellsehen, ja?“ Sie verschränkte die Arme und sah Ludo an. Dabei hob sie das Kinn.

Ludo nickte zögernd.

„Dann sieh doch bitte mal nach, wie der Verkauf von meinen Klodeckeln nächsten Monat so läuft."

Ludo schloss die Augen und presste die Lippen aufeinander. Im Wohnzimmer der Tepes wurde es ganz still. Nur Ludos Atem war zu hören. Laut und regelmäßig. Ludo blähte die Backen auf. Er quietschte, er grunzte. Dann atmete er lautstark aus. Seine Backen fielen ein.

Herr und Frau Tepes beobachteten Ludo mit gerunzelter Stirn. Sie warfen sich einen fragenden Blick zu.

Plötzlich riss Ludo die Augen auf. Er schüttelte die Arme aus, rollte die Schultern und spreizte die Finger. „Also. Der Empfang war nicht so gut. Aber ich habe etwas gesehen: Der Verkauf läuft gut."

Frau Tepes zog eine Augenbraue nach oben. „Und das nennst du hellsehen? Da sehe ich mehr, wenn ich in den Ofen gucke."

„Das war noch nicht alles", fuhr Ludo fort. „Ein Großauftrag kommt rein. Von irgendeinem Hotel."

Frau Tepes' nachtblaue Augen blitzten auf. „Vom *Goldenen Löwen*?"

„Das weiß ich nicht. So scharf habe ich nicht gesehen. Wie gesagt, der Empfang ..."

Elvira Tepes sah ihren Mann ratlos an. „Ich hatte heute Morgen eine Anfrage vom *Goldenen Löwen*, dem großen Hotel gleich neben dem Rathaus."

Herr Tepes lächelte seine Frau an. „Na siehst du,

dann ist ja alles geklärt. Daka und Silvania haben sich an die Regeln gehalten. Sie haben einen neuen Freund, der hellsehen kann. Und du bekommst einen Großauftrag. Ich finde, das ist ein Grund zum Anstoßen!" Mihai Tepes wollte gerade die Karpovkaflasche aus dem Schrank holen, als ein furchterregendes Grollen erklang. Es kam aus dem Keller. Herr Tepes hielt in der Bewegung inne. Er stand mit hochgekrempelten Hosen barfuß auf dem cremeweißen Wohnzimmerteppich und starrte auf den Fußboden. Was war im Keller los?

Das Grollen war verklungen. Jetzt waren Schritte zu hören.

Elvira Tepes blickte nervös zur Tür.

„Was war das?", fragte Silvania.

„Wer kommt da?", fragte Daka.

Die Schritte näherten sich dem Wohnzimmer. Jetzt war auch ein Zischen und Rauschen zu hören.

„Ich muss ganz schnell nach Hause", sagte Helene. Ihre Stimme klang piepsig.

„Ich glaube, ich auch", meinte Ludo.

Doch keiner der beiden wagte es, sich zu bewegen.

Vor der Wohnzimmertür erklang ein Kichern. Dann ein kleiner Rülpser.

Frau Tepes sah mit weit aufgerissenen Augen von Helene und Ludo zur Wohnzimmertür. Dann sah sie zu ihrem Mann. „Mihai! Tu etwas! Sonst geschieht ein Unglück!"

„Zu spät", sagte Ludo. „Ich sehe es kommen."

In dem Moment flog die Wohnzimmertür auf. Sie war nicht das Einzige, was flog.

Toilettenrauschen, Teil zwei

Dirk van Kombast hatte den Kopf in die Hände gestützt. Seine Finger umklammerten krampfhaft die Kopfhörer. Seine Ohren waren mittlerweile schon ganz warm. Was die in den letzten paar Minuten zu hören bekommen hatten, war kaum zu glauben.

Dirk van Kombast hatte also recht gehabt mit seinem Verdacht. Dieser Lumbo oder Sumbo hatte es laut und deutlich gesagt: Herr Tepes war ein Vampir. Seine Töchter waren Halbvampire. Die Schwestern hatten es nicht abgestritten. Herr Tepes hatte es nicht abgestritten. Nur Frau Tepes hatte sich aufgeregt. Aber nicht, weil ihr Mann ein Vampir war. Dabei wäre das für so manche Ehefrau ein Scheidungsgrund.

Schade, dass man mit dem Vampire-Best-Buy-Bug das abgehörte Gespräch nicht mitschneiden konnte. Dann hätte er den Beweis. Wort für Wort. Silbe für Silbe. Aber Beweise würden sich finden lassen. Jetzt, wo Dirk van Kombast sich sicher war, mit wem er es bei den neuen Nachbarn zu tun hatte. Die Jagd war eröffnet!

Das Vampire-Best-Buy-Bug setzte wieder eine Sekunde aus. Es rauschte. Dirk van Kombast fluchte leise. Er zischte: „Ssscchhh…ande!“ Er wackelte mit dem Kabel. Dann hörte er, wie Frau Tepes aufgebracht rief: „Mihai! Tu et…“ – *Rauschen* – „schieht ein Unglück!“

Dirk van Kombast wusste nicht, ob Mihai Tepes etwas tat. Auf jeden Fall tat sich etwas im Nachbarhaus. Dirk van Kombast hörte, wie eine Tür aufflog. Dann rauschte und zischelte es, aber dieses Mal war es keine Störung. Jemand schrie auf. So schrill, dass Dirk van Kombast das Gefühl hatte, jemand steche ihn mit einer Nadel ins Ohr. Stimmen redeten wirr durcheinander. Jemand schrie: „HILFE!“, eine andere Stimme: „FUMPFS!“. Eine weitere: „NEIN!“ Eine Mädchenstimme kreischte ununterbrochen. Jemand lachte wie eine Hexe. Jemand brüllte. Jemand rülpste. Etwas fiel zu Boden. „DAS IST DAS ENDE!“, kam ein Schrei. „AUFHÖREN, RAPEDADI!“, rief eine tiefe Stimme. Etwas klirrte.

Rauschen. Dieses Mal war es wieder eine Störung vom Vampire-Best-Buy-Bug. „Ssscchhh…weineschande!“, fluchte Dirk van Kombast. Er wackelte am Kabel, riss sich zwei Blatt Toilettenpapier ab und schnäuzte sich.

Was ging im Nachbarhaus vor sich? Gerade an den spannendsten Stellen versagte das Vampire-Best-Buy-Bug. Das Rauschen war so ärgerlich wie eine Werbeunterbrechung bei einem Krimi im Fernsehen. Viel ärgerlicher. Hier ging es womöglich tatsächlich um Leben und Tod. Diese Schreie. Dieses Brüllen.

Dirk van Kombast schüttelte sich. Er tupfte sich mit dem Toilettenpapier das Gesicht ab. Ein paar Schweißperlen hatten sich angesammelt. Allein vom

Zuhören. Waren die Nachbarn in Gefahr? Stand ein Menschenleben auf dem Spiel? Ein Halbvampirleben? Oder ein Vampirleben?

Dirk van Kombast atmete tief durch. So, wie er es im Yogakurs bei seinem letzten Urlaub auf Fuerteventura gelernt hatte. Nur nicht das innere Gleichgewicht verlieren. Er rückte die Kopfhörer gerade und drückte den Rücken durch. Er würde seinen Posten nicht verlassen. Notfalls konnte er immer noch die Polizei rufen.

Das Vampire-Best-Buy-Bug hatte aufgehört zu rauschen. Dirk van Kombast lauschte. Was er zu hören bekam, übertraf all seine Fantasien. Und Fantasien hatte er einige.

Blutige Begierde

Er hatte sich vom lilafarbenen Polster erhoben und mit den spitzen Lackschuhen den Sargdeckel aufgestoßen. Er sah nach links, dann nach rechts. Die anderen waren ebenfalls erwacht. Die gelben und violetten Augen blitzten in der Finsternis auf, unruhig und begierig.

Geräuschlos erhob er sich, strich seinen Anzug glatt und rückte das Monokel zurecht. Er gab den anderen das Zeichen. Sie erhoben sich. Nicht geräuschlos, sondern mit Geschrei und Grollen. Er schielte zur Kellerdecke. Jetzt war es auch schon egal. In weniger als einer Minute würde es keine Fragen mehr geben. Er ging voran zur Tür.

Sie kamen aus dem Keller ans Licht. Schritt für Schritt. Flügelschlag für Flügelschlag. Sie hatten sich ausgeruht. In der Dunkelheit Kräfte gesammelt. Doch sie hatten seit Stunden nichts gegessen. Jetzt waren sie hungrig. Sie rochen Blut. Menschenblut. Frisch, warm, pulsierend. Nur ein paar Flügelschläge entfernt. Zum Beißen nahe. Er wusste, dass hier nicht der richtige Ort für eine Jagd war. Sie durften kein Risiko eingehen. Sie mussten die Zähne zusammenbeißen. Doch wie sollten sie sich beherrschen? Ihm würde es vielleicht gelingen. Aber den anderen? Es war unmöglich. Der Geruch war zu betörend. Sie waren im Blutrausch, er konnte es sehen. Ihre Augen brannten vor Begierde. Ihre Münder waren wässrig. Die Hände zitterten. Er wusste, dass ihnen heiße Schauer über den Rücken liefen. In ihnen Köpfen brodelte es. Sie konnten keinen klaren Gedanken mehr fassen. Der Instinkt gewann die Überhand. Und der Instinkt war bestialisch.

Im Hexenkessel

Das Wohnzimmer der Tepes war ein Hexenkessel. Dabei waren gar keine Hexen dort. Nur Vampire. Waschecht und lichtbeständig. Es herrschte Chaos, Geschrei und … Todesangst.

Helene stand starr wie ein Rettich im Raum. Ihr Gesicht war weiß, als hätte jemand eine Flasche Tipp-Ex darüber geschüttet. Sie schrie ununterbrochen, während sie einen kleinen, pausbäckigen, etwa zehnjährigen Vampir mit den Augen verfolgte. Er flog um sie herum und versuchte, sie in die Arme zu beißen.

„Bemaltes Menschenfleisch. Ultimo lecker!“, rief er. Einer der oberen Schneidezähne fehlte. Dafür hatte er zwei Eckzähne. Zwei sehr spitze Eckzähne. Sein pummeliger Körper steckte in einem Superman-Kostüm, auf dessen Brust statt eines „S“ ein „W“ stand.

Am Kragen des Kostüms hing ein roter Umhang. An seinen Zipfeln hingen Silvania und Frau Tepes.

„NEIN!“, schrie Frau Tepes.

„Hau ab, du kleiner Popelrotzi!“, rief Silvania.

Helene schrie. Der kleine Vampirsuperman lachte.

In der anderen Zimmerhälfte langweilte sich auch niemand. Ludo rannte von panischer Angst getrieben um den Wohnzimmertisch herum. Er keuchte, japste und wagte es kaum, sich umzudrehen. Ludo floh vor einer großen, wohlgenährten Vampirdame. Sie lief ihm juchzend und mit offenem Mund nach. Ihre Eckzähne blitzten. Sie sabberte ein wenig.

„HILFE!", schrie Ludo. Er hatte die ockerfarbenen Augen weit aufgerissen. Wären seine Haare nicht zu lang, hätten sie zu Berge gestanden.

Daka und Herr Tepes liefen der Vampirdame hinterher. Sie streckten die Arme nach ihr aus.

„FUMPFS!", rief Daka, als sie sich am Tischbein den Fuß stieß.

„AUFHÖREN, RAPEDADI!", rief Mihai Tepes. Er flopste sich direkt vor die Vampirdame. Ein geschicktes Manöver. Wären die Gesetze der Physik nicht. Masse mal Beschleunigung gleich Kraft. Die füllige Vampirdame rannte ihn einfach um. Mihai Tepes stöhnte vor Schmerz, als sie ihm auf den Fuß trat. Er torkelte eine Sekunde auf einem Bein, dann fiel er zu Boden. „Boi noap", hauchte er.

„DAS IST DAS ENDE!", rief Elvira Tepes. Sie hatte den roten Umhang des kleinen Kugelvampirs losgelassen und hielt sich die Hände vors Gesicht.

Die füllige Vampirdame war stehen geblieben und steckte sich mit gespreizten Fingern eine Obstfliege in den Mund, die sich unvorsichtigerweise auf den Wohnzimmertisch gesetzt hatte. Dann entwich ihr ein leiser Rülpser. „Ups", sagte sie und legte die Hand, an der drei Ringe steckten, vor den Mund.

Silvania hatte es geschafft, den kleinen Kugelvampir mit beiden Armen zu umklammern. Er wehrte sich mit aller Kraft und versuchte, mit dem Mund nach Helenes Arm zu schnappen.

Helene erwachte aus ihrem Schockzustand. Genau eine Sekunde, bevor sich die Eckzähne des Vampirjungen in ihren Arm bohrten. Sie hörte auf zu schreien. Sie drehte sich mit einem Ruck nach rechts. Sie schnappte sich die Toilettenkaffeetasse von Frau Tepes. Sie drehte sich nach links.

WUMMS!, knallte die Toilettenkaffeetasse auf den Kopf des Kugelvampirs. Das wäre schön gewesen.

Im letzten Moment zog der kleine Vampir den Kopf zurück.

KLIRR! Die Toilettenkaffeetasse fiel zu Boden. Sie zerbrach in drei Teile.

„Jetzt reicht's!“, rief Herr Tepes. Er warf die rabenschwarze Mähne nach hinten. Seine dunklen Augen funkelten zornig. Sein dichter schwarzer Schnauzbart, der zwei Lakritzschnecken ähnelte, zitterte. „Ich zähle bis drei. Dann stehen alle Vampire hier bei mir hinter der Couch. ONU … ZOI … TROSCH!“ Beim letzten Wort zog Herr Tepes eine Ampulle voller Blut aus der Hemdtasche. Er schwenkte sie wie eine Wurst für einen Hund.

Es funktionierte. Die Vampirdame und der Vampirjunge fletschten die Zähne, wackelten mit den Nasenflügeln, bekamen glasige Augen. Dann waren sie weg. *Flops!* Von einer Sekunde auf die andere standen sie bei Herrn Tepes.

Helene und Ludo konnten kaum so schnell gucken. Helene kniff sich in den Arm. Ludo zog sich am Ohrläppchen. Alles ging wie im Fluge. Wie sollte er da in Ruhe etwas voraussehen?

Aus der dunklen Ecke hinter der Wohnzimmertür löste sich eine große, hagere Gestalt. Sie räusperte sich.

Mihai Tepes fuhr herum. Beinahe hätte er die Blutampulle fallen lassen. „Vlad! Da bist du!"

Vlad nickte. Da war er. Er deutete auf die Blutampulle.

Mihai Tepes verstand. Immerhin kannte er seinen Bruder seit 2676 Jahren. Da kam man auch ohne Worte aus. Schnell füllte Herr Tepes drei kleine Gläser mit Karpovka und eins mit Wasser. In jedes Glas gab er einen Schuss Blut. Dann verteilte er die Gläser. Ein Karpovka-Blut-Cocktail für die Vampirdame. Ein Karpovka-Blut-Cocktail für Vlad. Ein Wasser-Blut-Cocktail für den kleinen Kugelvampir. Und ein Karpovka-Blut-Cocktail für Mihai Tepes selbst. Den brauchte er jetzt. Dringend.

„Schnappobyx!", sagte Herr Tepes und erhob das Glas.

„Schnappobyx!", riefen die anderen Vampire. Sie tranken auf Ex.

Gulp, gulp, gulp. Röööps.

Die Vampirdame fuhr sich mit der Zunge über die Oberlippe.

Die kleine Vampirpausbacke leckte das Glas aus.

Der hagere Vlad schmatzte.

Herr Tepes sah traurig in sein leeres Glas.

Daka und Silvania standen unentschlossen in der Mitte des Zimmers. Gehörten sie als Halbvampire vor die Couch? Hinter die Couch? Oder auf die Couch?

Helene und Ludo waren im Hintergrund, so weit wie möglich von den Vampiren entfernt, stehen geblieben. Sie sahen die bissige Cocktailgesellschaft hinter der Couch argwöhnisch an.

Die Eckzähne, fand Helene, waren nicht das Schlimmste. Eigentlich, mit etwas Abstand betrachtet, waren die gar nicht schlimm (wenn sie nicht gerade versuchten, sich in einen Arm zu bohren, der einem zufälligerweise gehörte). Schlimm und viel schaurig-schöner waren die Augen der Vampire. Der hochgewachsene, dünne Mann hatte verschiedenfarbige Augen. Grün und orange. Das grüne Auge war hinter einem Monokel verborgen. Das hatte Schick, fand Helene. Die Frau hatte violette Augen. Und der Junge gelbe. Wie ein Wolf. Helene bekam eine Gänsehaut. Es prickelte herrlich.

Ludos Blick wanderte langsam an dem goldblonden Haarturm der Vampirdame hinauf. Auf dessen Spitze funkelten zwei Haarnadeln. Zwischen den Haarnadeln war ein Netz gespannt. Es sah aus wie ein Tennisplatz für Läuse.

Der pausbäckige Junge hatte braune, lockige Haare. Sie standen wie Korkenzieher in alle Richtungen von seinem Kopf ab. Der große, hagere Mann hatte ebenfalls Locken. Sie bildeten eine Art Helm um seinen Kopf, so dick waren sie.

„Datiboi flatliac!“, sagte Herr Tepes, was so viel hieß wie ‚der Fledermaus sei Dank‘. „Das hätten wir geschafft.“

Frau Tepes, die Zwillinge und die Vampire nickten.

Helene und Ludo nickten auch. Obwohl sie nicht wussten, was sie genau geschafft hatten.

Helene ließ die skurrile Cocktailgesellschaft nicht aus den Augen. Sie war ihr nicht geheuer. Gleichzeitig fand sie alles unheimlich aufregend. Im Wohnzimmer der Tepes war es gruseliger und spannender als auf einem Friedhof. Und das mitten am Tag! Helene hatte zwar noch weiche Knie, aber die Neugierde siegte. „Ihr seid richtige, echte Vampire, stimmt's?“, fragte sie.

Die Vampirdame zog überrascht die Augenbrauen nach oben. „Ist das so offensichtlich?“

Helene, Ludo, Daka, Silvania, Herr und Frau Tepes nickten.

„Wohnen Sie auch hier?“, fragte Ludo.

„NEIN!“, rief Elvira Tepes.

„Wir sind nur zu Besuch“, erklärte die Vampirdame. „Entschuldigt, dass wir hier einfach so hereingeflogen sind und ... ähm ...“

„... uns gar nicht vorgestellt haben“, fuhr der Mann mit der Helmfrisur fort. „Mein Name ist Vlad Tepes. Ich bin 249 Jahre älter als Mihai, mein liebster Bruder.“

„Und einziger“, fügte Mihai Tepes hinzu.

„Ich bin Karpa Tepes, geborene Albdantura. Seit 1369 Jahren glücklich verheiratet.“ Sie lächelte ihrem Ehemann mit blinkenden Eckzähnen zu.

Vlad Tepes verzog keine Miene.

„Und ich bin Woiwomäään!“, rief der kleine Vampir, trommelte mit den Fäusten auf seine Brust, auf der das „W“ stand, und steckte die Zunge heraus.

Sie war lang, spitz und violett. Sie passte hervorragend zu den Augen seiner Mutter.

„Ihr seid also Verwandtschaft?“, fragte Ludo.

„Aus Transsilvanien“, sagte Daka. „Tante Karpa, Onkel Vlad und Cousin Woiwo.“

„Woiwomäään!“, beharrte der.

„Entschuldigt, dass wir euch vorhin so nahe gekommen sind“, warf Tante Karpa ein. „Ihr riecht einfach so lecker.“ Sie zuckte mit den Schultern und kicherte. Dabei wackelte ihr Oberkörper. Und ihr Haarturm. In dessen Netz hatte sich gerade eine Obstfliege verfangen. Tante Karpa befreite sie mit spitzen Fingern aus dem Netz. Die Freiheit war kurz. Eine Sekunde später wanderte die Obstfliege blitzschnell in Tante Karpas Mund. Mahlzeit!

Helene verzog das Gesicht.

Silvania schüttelte den Kopf.

Daka bekam Hunger.

So viel zum Tennisplatz für Läuse, dachte Ludo.

Helene musterte Onkel Vlad. Er sah so verwegen wie Mihai Tepes aus. Nur zum Friseur müsste er mal. Helene fiel ein, dass dieser Vlad sie gar nicht gejagt hatte. Nicht, dass ihr das gefehlt hätte. „Sie fanden uns wohl nicht lecker?“

„Ich? Wieso? Ach so. Nein, doch doch, ihr seid sehr lecker. Ich hatte vorher nur einen kleinen Snack im Keller. Mein Hunger war nicht ganz so groß“, erklärte Onkel Vlad. „Außerdem bin ich Ha-chi Meister. Da lernt man sich zu beherrschen.“

„Eine transsilvanische Kampfkunst“, flüsterte Daka zur Erklärung.

„Wieso seid ihr eigentlich hier?“, fragte Silvania. „Also, wir freuen uns natürlich.“

„Wie verrückt“, stimmte Daka zu.

„Gibt es einen besonderen Grund für euren Besuch?“, fragte Silvania.

Daka überlegte, ob sie irgendeinen wichtigen Geburtstag vergessen hatten. Ihr eigener war es schon mal nicht.

Niemand antwortete auf Silvanias Frage. Tante Karpa stieß kurz und dezent auf. Sie sah zu Boden. Dann wurde es still im Wohnzimmer. Onkel Vlad blickte starr vor sich hin. Seine buschigen Augenbrauen wölbten sich über den Augen. Sein Monokel war kaum noch zu sehen.

„Ist es … etwas Schlimmes?“, fragte Silvania leise.

Tante Karpa seufzte. Sie holte ein weinrotes Spitzentaschentuch hervor und schnäuzte sich.

Daka befürchtete das Schlimmste. „Haben sich *Krypton Krax* aufgelöst?“

Silvania verdrehte die Augen. *Krypton Krax* war die transsilvanische Lieblingsband ihrer Schwester.

Tante Karpa schüttelte den Kopf. „Etwas viel Tragischeres.“

„Tragischer?“ Daka riss die Augen auf.

Onkel Vlad sah Mihai und Elvira fragend an. Beide nickten.

„Es ist etwas Furchtbares passiert.“ Onkel Vlad blickte Helene, Ludo, Daka und Silvania langsam der Reihe nach an. Dann sagte er mit tiefer, ernster Stimme: „Wir schweben in Lebensgefahr.“

Ein unlösbares Problem

Alle hatten sich um den großen Wohnzimmertisch versammelt. Mihai und Vlad Tepes standen am Tischende. Sie hatten einiges zu berichten.

Vlad Tepes war bei Einbruch der Nacht gemeinsam mit seiner Frau Karpa und seinem Sohn Woiwo in Bistrien aufgebrochen. In der Morgendämmerung kamen sie nach 1490 Flugkilometern völlig erschöpft in Bindburg an.

Daka und Silvania waren bereits zur Schule unterwegs. Herr Tepes kam von der Nachtschicht beim Institut für Rechtsmedizin nach Hause. Er wollte sich gerade einen Feierabendkaffee mit einem Schuss Blut versüßen, als es auf dem Dach polterte. Frau Tepes kam im Bademantel und mit einem Handtuch um den Kopf aus der Dusche gerannt. Gemeinsam eilten Mihai und Elvira auf die Terrasse. Auf ihrem Dach lagen drei Verwandte.

Die Landung war hart gewesen. Und überraschend. Zumindest für Mihai und Elvira. Nicht jeden Morgen landeten ein paar Verwandte auf dem Dach. Zum Glück, fand Elvira Tepes. Herr Tepes hatte nichts gegen Überraschungen. Aber er hätte auch nichts gegen einen kleinen Hinweis von seinem Bruder gehabt, dass er mit seiner blutgierigen Familie im Anflug war. Dann hätte er sich vorbereitet. Für genügend Karpovka-, Blut- und Zeckenvorräte gesorgt. Gäste sollte man nicht hungern lassen. Schon gar keine Gäste aus Transsilvanien.

Elvira und Mihai holten Vlad, Karpa und Woiwo vom Dach und brachten sie ins Wohnzimmer. Woiwo schlief unterwegs in den Armen seines Onkels ein. Tante Karpa drei Minuten später auf der Couch. Vlad brachte noch ein paar erklärende Sätze hervor. Dann fielen ihm die Augen zu, das Monokel rollte ihm vom Gesicht und er kippte seitlich von der Couch. Wie gut, dass sein Kopf mit den Locken ordentlich gepolstert war.

Unter äußerster Anstrengung schleppten Elvira und Mihai die Verwandtschaft in den Keller. Tante Karpa hätten sie beinahe fallen gelassen. Mit Onkel Vlad wären sie beinahe nicht um die Ecke gekommen. Doch schließlich lagen die Vampire wohlbehalten im Dunkeln. Onkel Vlad passte gerade so in Mihais Sarg. Für Tante Karpa hatten sie schnell den Besucherluftsarg aufgeblasen. Er war dehnbar. Woiwo passte in einen Pappkarton, in dem Elviras Klobrillen verpackt gewesen waren.

Nach dieser Aktion mussten sich Elvira und Mihai erst einmal ausruhen. Obwohl Mihai als Vampir enorme Kräfte entwickeln konnte – seinen Bruder und seine Familie in den Keller zu tragen, war auch für ihn kein Pappenstil. Elvira Tepes hatte das Gefühl, an ihren Armen hätte links und rechts ein Elefant gezogen. Aber was tat man nicht alles, damit die transsilvanische Verwandtschaft nicht tagsüber auf dem Dach ihres Reihenhauses schlafen musste.

„... und jetzt haben wir uns ausgeruht“, beendete

Onkel Vlad seine Erzählung. Er blinzelte. „Auch wenn man bei dem Tageslicht die Augen gleich wieder zumachen möchte. Schon seltsam, dass die Menschen den Tag zur Nacht machen."

„Die Sonne ist auch gar nicht gut für die Haut", wusste Tante Karpa und kniff sich in die linke Wange. Tante Karpa war in ihrer Jugend mit zarten 1120 Jahren zur „Miss Vampire" gewählt worden. Auch heute noch war sie eine beeindruckende weibliche Erscheinung. Sie war gereift. Und etwas gewachsen. Mehr horizontal als vertikal.

Daka rutschte auf dem Stuhl von der linken Pobacke auf die rechte. Warum kamen Erwachsene nie auf den Punkt? „Aber was ist passiert? Wieso seid ihr zu uns geflogen?"

„Und wieso schwebt ihr in Lebensgefahr?", fragte Silvania.

Tante Karpa schluchzte. Ihr Haarturm mit dem Netz wackelte.

Woiwo steckte die Zunge in die Zahnlücke und sah zu Boden.

Vlad Tepes seufzte. Er nahm das Monokel von seinem rechten Auge, rieb sich mit Daumen und Zeigefinger beide Augen und klemmte das Monokel wieder vors rechte Auge. „Es hat sich etwas Furchtbares ereignet."

Mihai Tepes nickte. Frau Tepes war fast so blass wie ihre Vampirverwandtschaft.

„Vor drei Tagen", fuhr Vlad Tepes fort, „ist in Bistrien eine Krankheit ausgebrochen." Er sah bedeutungsvoll in die Runde. „Die Infludenta."

Tante Karpa stieß einen kurzen spitzen Schrei aus.

Helene, Ludo, Daka und Silvania sahen Vlad Tepes fragend an.

„Infludenta? Ist das eine Art Zahngrippe?“, fragte Helene. Ihr Vater war Zahnarzt. Sie kannte sich aus. Aber von der Infludenta hatte sie noch nie gehört.

„Ihr wisst nicht, was Infludenta ist?“ Vlad Tepes warf entsetzt den Kopf zurück. Die Locken wackelten.

„Die Infludenta“, sagte Mihai Tepes, „ist die fürchterlichste, grausamste, ekligste Krankheit, die einen Vampir befallen kann. Sie ist eine heimtückische Krankheit, denn zunächst fühlt man sich nach der Infektion großartig. Man könnte eine ganze Wildschweinhorde blutleer saugen.“

Helene und Ludo rissen die Augen auf.

Daka fuhr sich mit der Zunge über die Lippen.

„Doch dann nimmt die Krankheit schlagartig ihren unausweichlichen, bösartigen Verlauf. Bevor man es spürt, riecht man es. Es stinkt. Bestialisch. Wie Käse, der drei Monate in der Sonne gelegen hat.“ Herr Tepes verzog das Gesicht.

„Was stinkt?“, wollte Daka wissen.

„Die Eckzähne stinken. Etwa einen Tag nach der Infektion beginnen sie zu schimmeln und zu schrumpfen. Dann geht alles ganz schnell. Man kann förmlich dabei zusehen. Onu, zoi, trosch – sind die Zähne weg.“

„Und dann können die Vampire nichts mehr essen“, schlussfolgerte Silvania.

Mihai Tepes nickte. „Das ist das Ende. Wie soll ein Vampir ohne Eckzähne überleben?"

„Was ist mit Zahnersatz?", fragte Helene.

Mihai und Vlad Tepes verzogen das Gesicht.

„Hast du schon mal versucht, mit falschen Zähnen eine Biberratte zu reißen?", fragte Mihai Tepes.

„Äh ... nein", antwortete Helene.

„Na, siehst du. Das geht nämlich genauso wenig, wie mit zwei Rädern Dreirad fahren."

Helene runzelte die Stirn.

„Die Vampire verhungern also?", fragte Daka.

Herr Tepes nickte. „Bei ihrem letzten Ausbruch im Jahr 1423 hat die Infludenta Tausende von Vampiren dahingerafft."

„Und jetzt wütet sie wieder", meldete sich Vlad Tepes zurück zu Wort. „In Bistrien sind schon ein Dutzend Vampire infiziert. Wenn wir nicht handeln, wird die Krankheit die ganze Stadt auslöschen. Was sage ich – ganz Transsilvanien!"

„Vielleicht sogar alle Vampire auf der ganzen Welt." Tante Karpa schnäuzte sich. Dann entwich ihr ein kleiner Rülpser. Sie legte sittlich die Hand vor den Mund.

„Gibt es kein Gegenmittel?", fragte Silvania.

Vlad Tepes sah sie einen Moment schweigend an. Er hatte einen seltsamen Ausdruck in den Augen. „Doch, das gibt es", antwortete er schließlich. „Deswegen sind wir hier."

„Hier? Das Gegenmittel ist hier bei uns?" Daka drehte den Kopf nach links und rechts. Sie sah unter den Tisch und an die Decke.

„Ultimo Gumox! Bei euch doch nicht!“, rief Woiwo. Er schnitt Daka eine Grimasse.

Daka rümpfte die Nase.

„Nachdem die Infludenta in Bistrien ausgebrochen war“, fuhr Vlad Tepes fort, „wurde sofort der Stadtrat einberufen – in den ich übrigens zum fünften Mal als Kandidat des *Blutigen Einheitsflügels* gewählt wurde.“ Vlad Tepes strich sich über den Lockenkopf. „Wir beschlossen, dass umgehend, radikal und rückhaltslos gehandelt werden muss. Wir berieten uns einen Tag und eine Nacht mit Infludenta-Experten. Dann stand unser Beschluss fest: Jemand von uns muss nach Deutschland fliegen. Rapedadi. Da ich Blutsverwandtschaft in Deutschland habe, habe ich mich freiwillig gemeldet.“

Vlad nickte seinem Bruder zu. Der nickte zurück.

„Na ja, und ich dachte, es wäre vielleicht nett, wenn sich Karpa und Elvira mal wieder sehen. Und natürlich die Kinder.“ Vlad Tepes lächelte kurz.

Daka und Silvania starrten Woiwo an.

Er streckte ihnen die Zunge raus.

„Außerdem können wir uns hier nicht mit Infludenta anstecken“, warf Tante Karpa ein.

„Ganz genau“, sagte ihr Mann.

„Das Gegenmittel gibt es also in Deutschland?“, fragte Elvira Tepes.

Vlad Tepes holte tief Luft. „Das einzige Gegenmittel gibt es in der Tat nur in Deutschland.“ Er ließ seinen Blick schweigend über die Zuhörer gleiten. Dann sprach er langsam und leise weiter: „Es ist eine äußerst seltene Pflanze. Und eine äußerst gefährliche. Sie heißt Germania Dracona und wächst auf dem Grab des mächtigen Vampirjägers Osmund Mortus. Sein Grab befindet sich auf dem Friedhof des Grauens im Niemandsland an der deutschen Grenze zu Polen und Tschechien."

„Germania Dracona?", wiederholte Silvania.

„Friedhof des Grauens?" Helenes Augen schimmerten.

„Osmund Mortus?" Ludo runzelte die Stirn.

Onkel Vlad hob die Hand. Er war noch nicht fertig. „Man muss die Pflanze genau zwischen 2:59 Uhr und 3:00 Uhr morgens herausziehen. Keine Sekunde früher, keine Sekunde später. Sonst weckt man den Geist von Osmund Mortus. Dieser Mortus war schon zu Lebzeiten ein grausamer Jäger gewesen. Eiskalt, gerissen und blitzschnell. Ein Treffen mit seinem Geist überlebt niemand."

Die Vampire, Halbvampire und Menschen im Wohnzimmer hörten gebannt zu. Woiwo vergaß, den Zwillingen Grimassen zu schneiden.

Tante Karpa vergaß, aufzustoßen.

Vlad Tepes fuhr fort: „Die Wurzel der Germania Dracona muss zerkocht werden. Dann müssen die von der Infludenta befallenen Vampire mit dem Pflanzensaft gurgeln. Man darf den Saft auf keinen Fall schlucken, sonst bekommt man Diarrhö."

„Dia was?", fragte Daka.

„Durchfall", sagte Silvania.

„Warum seid ihr dann nicht direkt zu diesem Friedhof geflogen?", fragte Elvira Tepes. „Also, wir freuen uns natürlich über euren Besuch, aber ..."

„Es ist nicht so einfach“, sagte Tante Karpa.
„Ist es überhaupt nicht“, stimmte ihr Mann zu. „Die Germania Dracona ist hochgiftig. Sowohl für Menschen als auch Vampire. Sie dürfen die Pflanze weder berühren noch ihren Duft einatmen. Menschen bekommen davon Herzrasen. Bei Vampiren kommt es zum Herzstillstand.“

„Oh“, machte Frau Tepes.

Daka schnaufte und kratzte sich am Kopf.

„Das ist ein Problem“, meinte Ludo.

„Ein unlösbares Problem“, fand Silvania.

Vlad Tepes wiegte den Kopf. „Unlösbar ist es nicht. Die Lösung liegt eigentlich auf der Hand. Beziehungsweise sitzt sie direkt vor uns.“ Onkel Vlad sah seine Nichten mit großen Augen an.

Sie starrten mit großen Augen zurück.

Vlad Tepes beugte sich etwas vor und wiederholte mit beschwörender, leiser Stimme: „Weder Mensch noch Vampir kann die Pflanze pflücken.“ Er starrte seine Nichten an, dass Tante Karpa Angst hatte, ihrem Mann würden gleich die Augen samt Monokel aus dem Kopf fallen.

Daka und Silvania hatten sich ebenfalls leicht vorgebeugt. Sie sahen ihren Onkel an, als wäre er der Weihnachtsmann.

„Weder Mensch noch Vampir …“, wiederholte Elvira Tepes leise. Auf einmal stieß sie einen ohrenbetäubenden Schrei aus. Es war ein Wunder, dass der Kronleuchter nicht in tausend Teile zersplitterte. Sie sprang auf, ballte die Hände zu Fäusten, stampfte und schrie: „NEIN! NEIN, NEIN, NEIN!“

WC-Notizen

Dirk van Kombast saß mit hochrotem Kopf auf dem Klo. Schuld an seiner Gesichtsfarbe war kein Verdauungsproblem. Hektisch schrieb er mit einem kleinen Pickelabdeckstift, den er für Notfälle immer in seiner Hemdtasche bei sich trug, auf das Toilettenpapier. Er hatte schon eine halbe Rolle vollgeschrieben. Das Papier wellte sich auf dem Boden. Dirk van Kombasts Hände zitterten. Er schrieb so schnell er konnte: „... Infludenta ... Friedhof des Grauens ... Germania Dracona ... zerkochen ...“ dann –

RAUSCH

– fiel das Vampire-Best-Buy-Bug wieder aus.

Dirk van Kombast tippte mit beiden Puschelhausschuhen auf den Fliesenfußboden. Die Puscheln wackelten. „Komm schon!“, zischte er durch die Zähne. Endlich hörte das Rauschen auf. Der Abdeckstift flog über das Klopapier: „... hochgiftig ... Vampire Herzstillstand ... unlösbares Problem ...“

Auf einmal schrie eine Frauenstimme schrill auf: „NEIN! NEIN, NEIN, NEIN!“

Dirk van Kombast riss sich unwillkürlich die Kopfhörer von den Ohren. Er steckte sich jeweils den kleinen Finger ins Ohr. Er wackelte. Erst ganz vorsichtig. Dann kräftiger. Es knirschte. Es knackte. Es brauste. Dirk van Kombast zog die Finger wieder aus den Ohren. Er spitzte die Lippen und pfiff kurz. Alles war in Ordnung. Seine Trommelfelle hatten den Schrei überlebt. Schnell setzte er die Kopfhörer wieder auf und hörte zu:

„Was nein?"

„Elvira, beruhige dich!"

„Ich will mich nicht beruhigen! NEIN, NEIN, NEIN!"

„Liebste Schwippschwägerin!"

„Pfff!"

„Worum geht es eigentlich, Mama?"

„Um dich und deine Schwester."

„Hä?"

„Weder Vampir noch Mensch. Überleg doch mal!"

„SCHLOTZ ZOPPO!"

„WAS? Ihr meint WIR ...?"

„... sollen diese komische giftige Pflanze holen?"

„... und auf den Friedhof des Grauens gehen?"

„Als Halbvampire seid ihr weder Vampir noch Mensch. Euch kann die Germania Dracona nichts anhaben."

„Ja, aber dieser Osmund-Geist."

„Nicht, wenn ihr genau auf die Uhrzeit achtet."

„Dakaria und Silvania Tepes – ihr seid die einzige Hoffnung der Vampirheit! Ohne eure Hilfe wird sich die gefürchtete Infludenta rasant ausbreiten. Die Vampire in der ganzen Welt sind bedroht. Wollt ihr etwa, dass die Vampire aussterben und zur bloßen Legende verkommen, weil ihr euch nicht getraut habt, von einem Grab auf einem Friedhof ein Pflänzchen zu zupfen?“

Dirk van Kombast rieb sich die Hände. Es wurde immer besser.

„Äh …“

„Na ja …“

„Vlad! Setze meine Töchter nicht unter Druck.“

„Ich setze sie nicht unter Druck. Wir sind unter Druck. Wir müssen handeln. Noch in dieser Nacht.“

„Bitte! Daka! Silvania! Habt ein Herz für Vampire!“ Schnauf. Rülps. Schluchz.

„Gibt es denn keine andere Möglichkeit?“

„Schon in Ordnung, Papa. Ich mache es. So schwer hört sich das auch wieder nicht an. Wenn Silvania nicht mitwill, dreh ich das Ding alleine.“

„Das tust du nicht! Ich komme mit.“

„WAS? Silvania! Daka! Das ist doch nicht euer Ernst!“

„El Virus! Es geht um Leben und Tod! Wir müssen etwas unternehmen.“

„Ja, aber doch nicht unsere Töchter!“

„Wer sonst? Wenn du noch andere Halbvampire kennst – bitte, ruf sie an!“

„Pfff.“

„Mensch, Mama. Stell dir doch mal vor, Papa würde diese Infludenta bekommen.“

„Dann würde er langsam wegschimmeln. Willst du das etwa?“

„Nein. Natürlich nicht! Aber ich will auch nicht, dass meine Töchter von einem Vampirjägergeist überfallen werden.“

„Das werden sie nicht, Elvira. Sie können doch die Uhr lesen."

„Trotzdem. Das ist wahnsinnig riskant. Wie wollt ihr überhaupt zu diesem grauenvollen Friedhof kommen?"

„Ganz einfach: Vlad und ich fliegen mit Daka und Silvania ins Niemandsland. Wir weichen den beiden nicht von der Seite. Also ... zumindest bis vor die Friedhofsmauern."

„Ludo und Helene müssen auch mitkommen!"

„Wie bitte?"

„Helene ist Friedhof-Spezialistin."

„Bin ich."

„Und Ludo kann Sachen voraussehen."

„Na ja, manchmal ..."

„Hm. Das könnte nützlich sein. Ihr habt recht."

„Es ist schlimm genug, dass Daka und Silvania in die Sache hineingezogen werden. Jetzt wollt ihr auch noch zwei Menschenleben in Gefahr bringen?"

„Elvira. Wir bringen niemanden in Gefahr. Die Sache klingt gefährlicher, als sie ist. Sei ganz entspannt. Wir fliegen einfach heute Nacht ins Niemandsland, und dann ..."

„Äh, Entschuldigung. Ich habe eine Frage."

„Ja, Sumbo?"

„Wie fliegen wir?"

„Na, wie immer."

„Dann habe ich ein Problem."

„Schlotz zoppo! Ihr könnt ja nicht fliegen!"

„Doch. Wir machen mit Mamas Klobrillen ein Flugtaxi. Genau wie damals mit Helene."

„Oh. Ich erinnere mich."

„Und ich erst."

„Sehr schön. Dann ist ja alles geklärt. Ich würde vorschlagen, heute Abend nach Einbruch der Dämmerung fliegen wir los. Noch Fragen?"

„Sind wir pünktlich morgen Nachmittag wieder hier?"

„Wir sind noch vor der Morgendämmerung zurück, sollte alles gelingen. Was es wird. Ganz sicher."

„Moment mal! Das heißt, ihr habt das jetzt einfach so ohne mich entschieden?"

„Wieso? Du warst doch dabei, Elvira."

„Ja, aber nicht *dafür*."

„Klarer Fall von überstimmt."

„Aber … aber … aber …"

„Ich könnte jetzt noch so einen Blutcocktail vertragen."

„Ich auch."

„Wir gehen dann mal in unser Zimmer."

„Ich jage draußen ein paar Ratten."

„Woiwo! Hiergeblieben!"

„Ich gehe lieber mal nach Hause. Ich muss meinem Papa erklären, dass ich heute Nacht zur Rettung der Vampirheit mit zwei Halbvampiren ins Niemandsland auf den Friedhof des Grauens fliegen muss."

„Ich auch. War nett, Sie kennenzulernen."

„Ich brauche dringend eine Gesichtsmaske bei all dem Licht."

„Ich sehe mir schon mal auf der Landkarte an, wo genau dieser Friedhof liegt."

„Und ich kümmere mich um die Klobrillen für Nichtflieger."

„Vergiss die Helme und Gurte nicht!"

„Ja, aber … aber … aber …"

Eilige Schritte waren zu hören. Es klappten Türen. Dann war alles ruhig. Jemand seufzte einmal. Jemand seufzte zweimal. Und ein drittes Mal. Sehr tief.

„Ich hätte es besser wissen müssen. Gibt man einem Vampir das Ja-Wort, muss man noch zu ganz anderen Dingen Ja sagen."

Eine Tür schlug zu. Stille breitete sich aus. Dirk van Kombast klopfte auf die Kopfhörer. Er wackelte am Kabel. Es blieb ruhig. Die Vorstellung im Wohnzimmer der Tepes war vorbei. Mehr hätte Dirk van Kombast an einem Tag auch nicht vertragen. Außerdem war die Klopapierrolle zum Mitschreiben alle.

Er setzte die Kopfhörer ab und steckte den Abdeckstift zurück in die Hemdtasche. Dann ließ er die beschriebene Klopapierschlange durch seine Hände gleiten. Allmählich breitete sich ein Lächeln auf seinem Gesicht aus. Es war nicht das Nussknackerlächeln, das er für Krankenschwestern, Ärzte oder die Verkäuferin von Kasse vier mit den rotblonden halblangen Haaren und den olivgrünen Katzenaugen im Bio-Supermarkt auflegte.

Als er jetzt auf seinem flauschigen Toilettendeckel saß und lächelte, zog er nur einen Mundwinkel nach oben. In seinen Augen lag ein eigentümlicher Glanz. Dirk van Kombast überflog seine Notizen. Er nickte. Er hatte einen Plan. Einen ausgezeichneten Plan.

Abflug ins Niemandsland

Daka und Silvania konnten es nicht fassen. Sie saßen in ihrem Zimmer wie Astronauten vor dem Abflug. In wenigen Minuten würden sie ins Niemandsland aufbrechen. Sie würden eine hochgiftige Pflanze vom Grab eines hochgefährlichen Vampirjägers pflücken. Sie würden die Vampirheit retten. Oder auch nicht.

Silvanias Hände waren eiskalt.

Daka summte den neuesten Hit von *Krypton Krax*. Es half nichts. Sie zuckte mit den Augenlidern.

Daka und Silvania konnten noch etwas anderes nicht fassen. Ihrem zehnjährigen Cousin Woiwo war es in seiner Klobrillenpappschachtel im Keller zu langweilig geworden. Tante Karpa hatte ihn „zum Spielen“ zu den Zwillingen ins Zimmer geschickt.

Woiwo war nicht allein gekommen. Er hatte seine Haustiere mitgebracht. Pille und Palle. Sie nahmen nicht viel Platz weg. Sie waren auch nicht laut. Sie rochen nicht unangenehm. Aber sie waren sehr anhänglich. Pille und Palle waren Flöhe.

„Autsch!“, rief Silvania und schlug sich auf den Arm. „Lass das, Pille!“

„Das war Palle. Pille sitzt bei Daka auf dem Kopf“, sagte Woiwo.

Daka schüttelte ihre Stachelhaarfrisur und fluchte: „Krötz jobju suchoi murja!“ Das kann man nicht übersetzen, da es im Deutschen nicht so furchtbare Wörter gibt.

Woiwo flog lachend durch das Zimmer. Mit seinem Woiwomän-Umhang riss er Dakas Schlagzeugbecken um. Es schepperte. Er flog auf den vertrockneten Baum zu, den Silvania als Hutständer benutzte. Im Flug schnappte er sich fünf Hüte und setzte sie übereinander auf. „Äch bän schäääck!"

„Gib sofort meine Hüte zurück!", rief Silvania. Sie flog hinter Woiwo her durchs Zimmer. Der Vampirkäsehoch war schneller.

Woiwo entdeckte ein neues Spielzeug. Er warf die Hüte ab und sie landeten – wumms, wumms, wumms – auf Silvania. Vor Schreck vergaß sie zu fliegen und stürzte auf ihr Bett. Die Hüte hinterher.

Woiwo kniete vor Dakas Aquarium. Er hatte Karlheinz, Dakas Lieblingsblutegel, aus dem Wasser gefischt und hielt ihn mit der kleinen Faust umklammert. Er stellte sich vors Fenster und holte aus, um Karlheinz an die Scheibe zu werfen.

Daka flopste sich im Bruchteil einer Sekunde zu ihrem Cousin. ZACK!, nahm sie ihm Karlheinz aus der Hand. „Was soll das?"

Woiwo zog eine Schnute. „Ich wollte doch nur sehen, wie er an der Scheibe runterrutscht."

„WAS?" Daka riss die Augen auf. Sie warf Woiwo einen vernichtenden Blick zu. Dann sah sie zu Karlheinz. Sie streichelte seinen glatten, glänzenden Rücken. Karlheinz hatte sich vor Aufregung kurz entleert. „Ist ja gut, ganz ruhig", flüsterte sie und setzte Karlheinz zurück ins Aquarium.

„Und mit so etwas sollen wir blutsverwandt sein“, stöhnte Silvania. Sie hatte sich unter den Hüten auf dem Bett freigekämpft.

Es klingelte. Daka und Silvania sprangen auf. Sie stürmten zur Tür. Ihnen war klar, dass es ein Risiko war, Woiwo alleine in ihrem Zimmer zu lassen. Aber sie mussten die Vampirheit retten.

Mihai Tepes hatte Helene und Ludo bereits hereingelassen. Beide hatten zu Hause erzählt, sie seien zu einer spontanen Pyjamaparty bei den Tepes-Zwillingen eingeladen. Beide waren mit dieser Geschichte durchgekommen.

Jetzt war sie komplett – die Delegation zur Rettung der Vampirheit. Eine halbe Stunde später standen Vlad, Mihai, Daka, Silvania, Helene und Ludo auf dem Dach des Reihenhauses Nummer 23 im Lindenweg. Die Dämmerung hatte eingesetzt. Noch hoben sich die Bäume vom nahen Wald schwarz vom dunkelblauen Abendhimmel ab. Bald würde alles in Dunkelheit versinken.

„Seid ihr bereit?“, fragte Vlad mit tiefer Stimme.

Mihai Tepes nickte. Er warf die schwarze Mähne nach hinten und drückte das Kreuz durch. Um seinen Oberkörper war ein Gurt gespannt. Der Gurt war mit einer Klobrille verbunden. Um die andere Seite der Klobrille war ebenfalls ein Gurt gebunden. Diesen hatte sich Vlad Tepes umgelegt.

Auf der Klobrille saß Helene. Sie hatte einen Kochtopf auf dem Kopf. Frau Tepes hatte ihn ihr als Helm überlassen. Helene hatte die langen blonden Haare zu zwei Zöpfen geflochten. Die Zöpfe hatte sie links und rechts durch die Topfhenkel gesteckt und verknotet. Mit einem glitzernden Gürtel hatte sie sich an der Klobrille festgebunden. Mein erstes richtiges Abenteuer, dachte Helene. Mit zwei echten Vampiren, zwei Halbvampiren und einem Hellseher. Helene biss sich auf die Unterlippe vor schauriger Vorfreude.

Daka und Silvania hatten ebenfalls Gurte umgelegt. Auf der Klobrille in ihrer Mitte saß Ludo. Er sah etwas blass aus. Ludo trug einen Skihelm, eine Skibrille und Skihandschuhe. Er hatte keine Ahnung, wie schnell sie fliegen würden. Aber Fahrtwind kühlte bekanntlich. Er kniff die Augen zu und versuchte, etwas vorauszusehen. Doch alles blieb im Dunkeln.

Daka wippte auf den Zehenspitzen. Sie konnte es kaum abwarten, loszufliegen. Endlich mal wieder ein Ausflug! Ihre Arme waren schon ganz eingerostet. Wenn sie allerdings an das Ziel ihrer Reise dachte ... Ein Schauer lief ihr von der obersten Haarspitze bis zum großen Zeh. Sie wollte auf keinen Fall Bekanntschaft mit dem Geist von Osmund Mortus machen. „Alles wird gut, alles wird gut", flüsterte sie vor sich hin. Dann summte sie *Onu, zoi, trosch, boi schlappo noku mosch, boi, boi boi* von *Krypton Krax*. Es half für ein paar Sekunden.

Silvania wischte sich die eiskalten, feuchten Hände am langen weinroten Kleid ab. Sie überprüfte den Verschluss ihrer Fliegermütze und zog sie tief ins Gesicht. Dann starrte sie in die luftige Leere vor sich. Sie seufzte. Wie schön wäre es, jetzt mit einem Buch im Bett zu liegen. Oder einfach nur an die Decke zu gucken und an schöne Sachen zu denken. Wie zum Beispiel Englisch-Nachhilfe. Aber nein, sie musste fliegen. Dabei war sie ihrer Meinung nach viel zu schwer zum Fliegen. Auch wenn ihr Papa meinte, man konnte nur zu blöd oder zu faul zum Fliegen sein. Das lebende Beispiel war die 100 Kilo schwere Schwippschwägerin Luda aus Oklahoma, die in ihrer Jugend Weltmeisterin im Synchronfliegen gewesen war. Das einzig Gute an Silvanias Flugangst war, dass sie ihr keine Zeit ließ, an den Friedhof des Grauens zu denken. Sie war froh, wenn sie den Flug überstand. Was dann kam, würde sich zeigen. Hauptsache, ich bin morgen pünktlich zur Nachhilfe wieder zurück, dachte sie.

Auf Vlads Kommando breiteten Mihai, Daka und Silvania die Arme aus. Helene und Ludo hielten sich instinktiv an den Klobrillen fest.

„Onu … zoi … trosch!“, rief Vlad – und sie erhoben sich in den Abendhimmel.

Elvira Tepes stand mit Tante Karpa auf der Terrasse und sah ihnen nach. Sie flogen lautlos und geschmeidig Richtung Wald und wurden immer kleiner. Von unten sahen die Klobrillen wie fliegende Vanilledonuts aus.

Elviras nachtblaue Augen füllten sich mit Tränen. Da flog sie dahin. Ihre Familie. Würden sie, wie Vlad versprochen hatte, mit der Morgendämmerung zurück sein? Elvira hatte Angst. Um ihre Kinder. Die Freunde ihrer Kinder. Um ihren Mann. Ihren Schwager. Und um ihre Klobrillen.

Ihre Angst war berechtigt.

Der Friedhof des Grauens

Helene schloss die Augen und atmete die Nachtluft ein. Fliegen war herrlich! Ein paarmal hätte sie beinahe selbst die Arme ausgebreitet. Doch es war besser, sich an der Klobrille festzuhalten. Vlad und Mihai Tepes hatten ein ziemliches Tempo drauf. Helene wusste nicht, wie schnell sie genau flogen. Immerhin hatten sie zwei Spatzen, einen Bussard und einen Luftballon überholt.

Seit dem Abflug saß Ludo stocksteif auf seiner Klobrille. Das Einzige, was er zu bewegen wagte, waren seine Augen. Er schielte nach links zu Daka. Sie hatte den Blick stur geradeaus gerichtet und sah aus wie ein Formel-1-Rennfahrer. Er schielte nach rechts zu Silvania, die immer wieder bedrohlich ein paar Zentimeter nach unten wegsackte. Schweißperlen liefen unter ihrer Fliegermütze hervor. Ludo konnte ihren Atem hören. Das machte ihm Angst.

Angst machte ihm auch, dass ihn immer deutlicher eine böse Vorahnung beschlich. Er konnte noch nicht erkennen, was genau passieren würde – aber es war nichts Gutes. Etwas würde schiefgehen. Nur, was? Ludo beschloss, den anderen vorerst nichts von seiner Vorahnung zu erzählen. Er wollte sie nicht beunruhigen. Es reichte, wenn *er* nervös war.

„Dort unten muss es sein“, rief Vlad den anderen zu. Er zeigte in die Dunkelheit.

Die anderen blickten nach unten. Sie sahen nur Finsternis.

„Wir setzen zur Landung an", rief Mihai.

„Schon?", fragte Daka.

„Datiboi flatliac!", seufzte Silvania. Der Fledermaus sei Dank.

Mihai, Vlad, Silvania und Daka richteten ihre Oberkörper auf und drehten die Handflächen nach vorne. Sie verringerten die Fluggeschwindigkeit. Sanft schwebten sie in kleinen Kreisen Zentimeter für Zentimeter der Erde entgegen. Und da erkannten sie ihn: Unscharf, von Dunkelheit, hohen Mauern und Bäumen umgeben, lag er vor ihnen: der Friedhof des Grauens.

Mit genügend Abstand drehten sie eine Runde über dem Friedhof. Die Besucher bekamen eine Vorahnung, wie der Friedhof zu seinem Namen gekommen war. Von oben sah es aus, als huschten Schatten über die Grabsteine. Wie riesige, stumme Beobachter standen sie da. Die Bäume auf dem Friedhof schienen sich im Wind zu wiegen. Doch es war windstill.

Die Delegation zur Rettung der Vampirheit landete in der Nähe der Friedhofsmauern. Sanft setzten erst acht Füße, dann zwei Klobrillen auf. Vlad, Mihai, Daka und Silvania streiften sich die Gurte ab. Helene und Ludo schnallten sich von den Klobrillen. Die Helme ließen sie auf. Man wusste ja nie.

Mihai sah auf die Uhr. „Ihr habt noch genau zehn Minuten. Perfekt."

Silvania fand das alles andere als perfekt. Zehn

Minuten konnten schnell vergehen. Vor allem, wenn man gerne erst mal zehn Minuten zum Verschnaufen gehabt hätte. Ihre Brust hob und senkte sich wie ein Blasebalg. Sie schüttelte die Arme aus. Dann riss sie sich die Fliegermütze vom Kopf und wischte sich den Schweiß von der Stirn.

Daka pfiff bereits wieder leise *Krypton Krax* vor sich hin und holte eine luftdichte Box aus ihrem Rucksack. Darin wollten sie die Pflanze nach Bindburg transportieren. Normalerweise bewahrte Frau Tepes ihren Harzer Käse in der Box auf.

„Also, wir bleiben hier draußen und halten die Stellung", sagte Mihai.

„Das Grab von Osmund Mortus findet ihr ganz leicht. Es hat den größten Grabstein", erklärte Vlad. „Ihr zieht die Germania Dracona samt Wurzel heraus, dann steckt ihr sie sofort in die Box."

„Und kommt sofort wieder zu uns", fügte Mihai Tepes hinzu. Nur für den Fall, dass seine Töchter noch einen Friedhofsbummel einlegen wollten.

„Lasst euch nicht von seltsamen Schatten oder Geräuschen ablenken. Die gibt es auf jedem Friedhof", wusste Helene.

„Aber seid trotzdem auf alles gefasst", riet Ludo.

„Wieso? Hast du etwas vorhergesehen?", fragte Silvania. Ihr Atem hatte sich vom Flug ein wenig beruhigt. Jetzt hämmerte ihr Herz bei dem Gedanken an den bevorstehenden Friedhofsbesuch.

„Nö." Ludo musterte einen Faden an seinem linken Skihandschuh.

„Ihr braucht wirklich keine Angst zu haben",

sagte Mihai. „Wir sind hier. Nur ein paar Schritte von euch entfernt."

„Und ein paar Friedhofsmauern", fügte Daka hinzu.

„Denkt an etwas Schönes", riet Onkel Vlad. „Eiscreme, eure Lieblingspuppen oder frische Blutwurst."

Daka und Silvania runzelten die Stirn.

„Ihr müsst los", sagte Helene nach einem Blick auf die Uhr.

Daka und Silvania blickten in die Runde. Dann sahen sie sich an. Beide nickten kaum merklich. Den Schwestern war klar, dass jede von ihnen jetzt lieber etwas anderes gemacht hätte. Zum Beispiel mit Karlheinz gekuschelt, Fernsehen geguckt oder Englisch-Nachhilfe gehabt. Sie hätten sogar lieber mit Woiwo und Pille und Palle gespielt. Aber das Leben war kein Wunschkonzert. Erst recht nicht, wenn man ein Halbvampir war.

Silvania seufzte. Daka legte ihr einen Arm um die Schulter. Bevor sich die Schwestern zum Gehen wenden konnten, war ihr Vater mit zwei Schritten bei ihnen. Er umarmte sie gleichzeitig. Lange und kräftig. Schließlich entließ er sie aus seinen Armen. Er sah sie einen Moment mit glänzend schwarzbraunen Augen an. Dabei sagte er nichts. Dann nickte er.

Daka und Silvania sahen ein letztes Mal zu ihrem Vater, ihrem Onkel und ihren Freunden. Dann drehten sie sich um und gingen auf den Friedhofseingang zu. Ihre Knie waren weich wie Knoblauchbutter in der Sonne.

Osmund Mortus

Wie viele Jahre lag sein Körper nun schon in diesem finsteren, feuchten Grab? Er wusste es nicht mehr. Waren es hundert? Zweihundert? Oder tausend? Die Zeit war eine dröge graue Nebelsuppe, wenn man tot war. Was blieb einem zur Unterhaltung – außer den Würmern? Erinnerungen. Davon hatte Osmund Mortus reichlich. Gute, schlechte. Schöne und traurige. An die schlechten und traurigen dachte er selten. Am liebsten erinnerte er sich an die Tage, als er vor Leben strotzte. Als er stark war. Groß war. Und gefürchtet wurde. Er war Osmund Mortus – der größte Vampirjäger seiner Zeit.

Damals war er aus seinem kleinen Dorf aufgebrochen, sich an den Vampiren zu rächen. Sie hatten in einer nebligen Herbstnacht in seinem Heimatort gewütet und seine Familie zerstört. Seine Eltern waren tot. Seine Schwestern Vampire. Osmund Mortus erinnerte sich an die Wut, den Hass und Tatendrang, den er damals gespürt hatte. Er war zu allem entschlossen. Nichts und niemand hätte ihn aufhalten können. Doch er lief nicht blind in sein Verderben beziehungsweise dem erstbesten Vampir vor die Zähne. Nein. Er war nicht nur mutig, sondern auch klug.

Bevor er sich auf die Jagd machte, besorgte er sich

jede Information über Vampire, derer er habhaft werden konnte. Er las wie ein Besessener nächtelang durch. Auch die kleinste schriftliche Erwähnung entging seinen geschärften Augen nicht. Er befragte Augenzeugen in Stadt und Land, die gar schauerliche Geschichten zu berichten wussten. Sein Wissen über Vampire war enorm. Und einmalig.

Mit diesem Wissen zog er sich ein ganzes Jahr in seine Kammer zurück und entwickelte Methoden für die Vampirjagd. Er arbeitete Tag und Nacht, wie im Wahn. Er sprach mit niemandem, lebte von Wasser und hartem Brot und schlief kaum noch. Er hatte eine Vision, er wusste, er würde sie verwirklichen. Schließlich waren seine Methoden fertig. Es waren die grausamsten, wirkungsvollsten Methoden seiner Zeit. Gleich bei der ersten Vampirjagd vernichtete Osmund Mortus dreizehn Vampire auf einen Streich. Und einen Pudel. Die Menschen bewunderten Osmund Mortus. Vampire fürchteten ihn.

Die Kunde von den heldenhaften Taten des skrupellosen Vampirjägers Osmund Mortus breitete sich wie ein Lauffeuer aus. Für die meisten Vampire kam sie jedoch zu spät. Auf seinem erbarmungslosen Feldzug gegen die Vampire reiste Osmund Mortus kreuz und quer durch Europa. Danach durchkämmte er Russland. Auch die Mongolei ließ er nicht aus. Er rottete ganze Vampirfamilien aus. So, wie die Vampire einst beinahe seine Familie ausgerottet hatten.

Er wurde mehrmals schwer verwundet. Im Kampf

mit einer Vampirdame verlor er ein Ohr. In einem anderen einen Finger. Er überlebte zehn Tage ohne Wasser und Nahrung. Nie gab er den Kampf auf.

Als er nach Jahren der Jagd als alter Mann in sein Heimatdorf zurückkehrte, errichtete man ihm ein Denkmal. In Stein gehauen, fand Osmund Mortus, sah er noch imposanter aus. Die Menschen waren ihm dankbar. Wer immer seinen Namen aussprach, tat es voller Ehrfurcht. Doch keiner wagte sich in seine Nähe. Die Menschen hatten Angst vor ihm, Osmund Mortus, dem größten Vampirjäger aller Zeiten.

Nach all den Jahren der blutigen Jagd war Osmund Mortus kaum wiederzuerkennen. Seine grauen, langen Haare wucherten wie Unkraut auf seinem Kopf und waren voller Ungeziefer. Die eisblauen Augen des Vampirjägers irrten wie vom Teufel getrieben unstet umher. Die buschigen Augenbrauen zogen sich zusammen, sobald er einen Menschen sah. Osmund Mortus fand, er sah verwegen aus. Die Menschen fanden, er sah beängstigend aus. Sogar die Tiere machten einen Bogen um ihn. Vor allem die Pudel.

Osmund Mortus zog sich mit Büchern, seinen Vampirtrophäen (1845 Eckzähnen) und finsteren Gedanken ins Haus seiner Eltern zurück. Jeden Abend zählte er die Vampirzähne. Jede Woche polierte er sie. Am Kamin erzählte er zu jedem Eckzahn eine Geschichte. Die Geschichten waren voller Dramatik. Die Zuhörer hätten sich vor Anspannung auf die Zunge gebissen. Doch Osmund Mortus hatte keine Zuhörer. Nur der Kamin knisterte als Antwort. Der größte Vampirjäger aller Zeiten war ein einsamer Held.

Osmund Mortus starb an einem nassen grauen Februarmorgen an einer Lungenentzündung. Man fand ihn fünf Tage später in seinem Sessel mit einem Buch über Vampire auf dem Schoß und zwei Eckzähnen in der linken Hand. Seine eisblauen Augen starrten auf ein Kreuz an der Wand.

Man begrub ihn noch am selben Tag. Es gab keine Verwandten, Freunde oder Bekannten, die man erst hätte informieren müssen. Der Tag war grau und nass, dennoch war das gesamte Dorf anwesend, als der Pfarrer zur Grabrede anhob. Der Steinmetz widmete Osmund Mortus den größten Grabstein. Die Bäckersfrau weinte streuselgroße Tränen. Jetzt, wo Osmund Mortus tot war, standen ihm alle im Dorf sehr nahe. Es war einfacher, an seinem Grab Blumen niederzulegen und zu beten, als in seine wilden eisblauen Augen zu sehen.

In den frühen Morgenstunden des nächsten Tages erfüllte der Pfarrer den letzten Wunsch des Verstorbenen, den er zusammen mit ein paar Pflanzensamen in seinem Testament gefunden hatte. Diese Pflanzensamen – der Pfarrer fand, sie sahen äußerst seltsam aus, denn es waren pechschwarze, kleine Kugeln mit dunkelroten Punkten und lauter kleinen Stacheln –, diese Pflanzensamen vergrub der Pfarrer, wie es das Testament anwies, auf dem Grab des Vampirjägers. In den nächsten Wochen goss er die Stelle ein paarmal. Zweimal pinkelte ein Pudel darauf. Dann vergaß der Pfarrer die Pflanzensamen. Er war nicht mehr der Jüngste. Der Pudel schnupperte noch einmal am Grabstein, dann suchte er sich ein anderes stilles Örtchen. Unbemerkt und im Schatten des großen Grabsteins brach ein Sprössling durch die Erdkruste. Eine Pflanze wuchs heran. Kein Grashalm. Kein Löwenzahn. Die Germania Dracona.

Als Augustine Ludwig, die Tochter des Steinmetz, vier Monate später an einem warmen Juninachmittag leichtfüßig über den Friedhof rannte und sich hinter dem großen Grabstein des Vampirjägers versteckte, hatte sie auf einmal das Gefühl, ihr Herz wolle ihr aus der Brust springen, so sehr raste es. Erst versuchte sie ihr Herz festzuhalten und legte beide Hände auf die Brust, dann hielt sie sich am Grabstein fest. „Franz!“, gelang ihr noch zu rufen, dann brach sie mit einem stechenden Schmerz im Herzen zusammen.

Franz, der Neffe des Pfarrers, fand seine geliebte Augustine zu Füßen des Grabsteins von Osmund Mortus. Als er sie auf die Arme hob, spürte er sein Herz hämmern. Franz war ein kräftiger junger Mann. Trotz des Herzrasens und der wohlgenährten Augustine auf den Armen gelang es ihm, den Ausgang des Friedhofs zu erreichen. Vor der Friedhofsmauer brach er zusammen. Es dauerte den restlichen Sommer, den ganzen Herbst und den halben Winter, bis sich Augustine und Franz von ihrem Stelldichein auf dem Friedhof erholt hatten. Der Arzt sagte, Augustine wäre dem Tod in letzter Sekunde von der Schippe gesprungen.

Seitdem wagte sich keiner der Dorfbewohner in die Nähe des Grabs von Osmund Mortus. Diejenigen, die es versuchten, wichen nach weniger als zwei Sekunden mit rasendem Herzen zurück. Die seltsame Pflanze auf dem Grab wurde immer größer. Das Herzrasen der Friedhofsbesucher wurde immer stärker. Schon bald wagte keiner mehr, einen Schritt auf den Friedhof zu setzen. Er verwilderte und bekam den Namen *Friedhof des Grauens*.

Niemand besuchte Osmund Mortus an seinem Grab. Niemand legte mehr Blumen nieder. Kein Hund hob ein Bein am Grabstein. Osmund Mortus ruhte einsam, wie einst am Kamin. Nach all den Monaten waren von seinem einst stattlichen Körper nur noch Knochen übrig. Und sein Geist. Sein Geist war stark. Stärker, als Osmund Mortus zu Lebzeiten jemals gewesen war. Der Geist von Osmund Mortus war skrupellos. Er würde das Werk des Vampirjägers zu Ende führen. Er würde alle Vampire auslöschen. Er musste nur Geduld haben. Sie würden kommen. Die Pflanze würde sie anlocken. Und sollte sie die Vampire nicht aufhalten, würde er es tun. Jemand würde ihn wecken. Die Nacht würde kommen.

Der Friedhofsdrache

Daka und Silvania schlichen mit eingezogenen Köpfen über den Friedhof. Sobald der Kies unter ihren Füßen knirschte, zuckten sie zusammen. Helene hatte recht gehabt. Der Friedhof war voller Geräusche und Schatten. Huschte da nicht eben links etwas über den Grabstein? Raschelte es dort im Efeu? Was war das für ein seltsames Licht in den Baumkronen? Dakas und Silvanias Blicke flogen nervös hin und her.

Silvanias Herz klopfte so laut, dass sie sich sicher war, Daka konnte es hören. Sie sah zu ihrer Schwester. Im Mondlicht schimmerte ihr Gesicht schneeweiß.

Plötzlich zuckte Daka zusammen. Beinahe fiel ihr die Box aus der Hand. „Hast du das gesehen? Da war etwas. Ganz sicher." Sie hatte die Augen weit aufgerissen. Sie glänzten fiebrig.

Silvania sah sich um. „Das … das war nur ein Vogel. Glaube ich." Ihr Herz klopfte noch schneller. Am liebsten hätte sie es festgehalten.

Daka holte tief Luft. Sie klemmte sich die Box unter den Arm und fuhr sich mit dem Handrücken über die Stirn. Die Stirn war feucht. Die Hand eiskalt. Was war nur los? Sie war doch sonst nicht so ein Feuchtpupser.

Daka schielte zu ihrer Schwester.

Sivania nickte ihr mitfühlend zu. Dann nahm sie Dakas Hand. Zögernd liefen die Mädchen weiter. Ihre Augen sahen unentwegt nach rechts und nach links. Keine Bewegung sollte ihnen entgehen. Sie hatten alle Antennen ausgefahren.

Silvania fragte sich, wie sie es schaffen sollten, die Germania Dracona vom Grab des größten Vampirjägers aller Zeiten zu pflücken, wenn ihnen schon ein einfacher nächtlicher Friedhofsspaziergang so viel Angst machte. Helene hätte der Spaziergang bestimmt Spaß gemacht. Aber Helene war ein Mensch. Silvania wollte Herrn Dr. Steinbrück nicht erklären müssen, warum seine Tochter auf der Pyjamaparty bei den Tepes plötzlich Herzrasen bekommen hatte.

Im Gegensatz zu Helene waren Daka und Silvania noch nicht auf sehr vielen Friedhöfen gewesen. Dieser Friedhof schien uralt zu sein. Silvania überflog im Vorbeigehen ein paar Jahreszahlen auf den Grabsteinen. 1830, 1756, sogar 1690! Einige Grabsteine waren ganz schief und von Moos bewachsen. Bei vielen konnte man die Inschrift nicht mehr erkennen. Manche Grabsteine sahen aus wie richtige Denkmäler und hatten kunstvolle Heiligenbilder eingearbeitet. Andere bestanden aus einem einfachen Steinkreuz. Die Beete vor den Gräbern waren meistens ungepflegt. Unkraut wucherte und hohe Gräser verdeckten die Grabinschriften. Die Grabsteine standen nicht ordentlich in einer Reihe, sondern kreuz und quer zwischen Bäumen und Sträuchern. Die Äste der Bäume und Sträucher hingen auf die Grabsteine herab. Sie sahen aus wie Trauernde.

Plötzlich spürte Silvania, wie Daka ihre Hand zusammendrückte. Sie sah zu ihrer Schwester, die mit schneeweißem Kinn auf etwas deutete.

Sofort blickte Silvania in die Richtung. Hinter ein paar Sträuchern erhob sich etwas Gigantisches in den Nachthimmel. Es stand kerzengerade und überragte alle Grabsteine. Es dauerte ein paar Sekunden, bis Silvania erkannte, was es war.

„Das ist er", flüsterte Daka.

Silvania nickte. Jetzt erkannte sie ihn auch: den Grabstein von Osmund Mortus. Er ragte schwarz und mächtig in den Himmel. Wie der gewaltige Herrscher des Friedhofs blickte er auf sie hinab.

Daka sah mit offenem Mund an ihm hinauf. Unwillkürlich umklammerte sie die Box in ihren Händen fester. Erst jetzt merkte sie, dass ihre Hände feucht waren.

Silvania sah auf die Uhr. Sie hatten noch vier Minuten. „Wir müssen uns beeilen", flüsterte sie. Ihre Stimme brach bei der letzten Silbe. Ihr Hals war trocken. Sie schluckte. Der Kragen ihres Kleides war auf einmal viel zu eng.

Daka schluckte ebenfalls. „Ja, dann müssen wir wohl." Daka war immer stolz darauf gewesen, etwas Besonderes zu sein – ein Halbvampir. Doch in diesen Minuten wünschte sie sich zum ersten Mal, ganz normal zu sein. Natürlich lieber ein normaler Vampir als ein normaler Mensch. Dann könnte sie jetzt in Bistrien in Oktavians Gruft abhängen und unterirdisch gute Musik hören. Daka seufzte. Aber sie war ein Halbvampir. Sie musste die Vampirheit retten. Zum Glück war sie nicht allein. Sie drückte die Hand ihrer Schwester.

Schweigend liefen die Mädchen auf einem Kiespfad auf den gewaltigen pechschwarzen Grabstein zu. Der Kies knirschte. Die Herzen der Schwestern pochten. Mit jedem Schritt erschien der Grabstein größer. Daka und Silvania wurden mit jedem Schritt die Knie weicher.

Zwei Schritte vor dem gigantischen Grabstein blieben sie stehen. Sie sahen langsam an ihm hinauf. „Osmund Mortus" stand in verschnörkelter Schrift mit goldenen Buchstaben auf dem Stein. Er glänzte kalt im Mondlicht.

Silvanias Blick glitt am Grabstein hinab und auf das kleine Beet davor. Es war von Erdklumpen und Steinen übersät. Aus der Mitte ragte eine Pflanze hervor. Sie war ungefähr 30 cm hoch. Ihre schwarzroten Blätter waren groß und gezackt. Die Zacken waren lang und spitz wie Vampirzähne. Ein Zweig sah aus wie ein Drachenkopf. Zwei andere Zweige wie Drachenflügel. Ein dritter Zweig ragte wie ein Pfeil als Drachenschwanz in die Luft.

„Die Germania Dracona", flüsterte Daka.

Silvania musterte die Pflanze ängstlich. „Hoffentlich speit sie kein Feuer."

Daka beugte sich vorsichtig über die Pflanze. Sie schnupperte. Dann rümpfte sie angewidert die Nase. „Die stinkt aber gewaltig." Daka richtete sich wieder auf. Sie fasste sich an den Kopf. Sie schwankte nach rechts …

… und nach links.

„Geht es dir gut?“ Silvania sah ihre Schwester mit großen Augen an.

„Mir ist nur etwas schwindlig. Wahrscheinlich brauche ich mal wieder einen Frischblutsnack.“

Silvania sah nervös zwischen der Germania Dracona und ihrer Schwester hin und her. Sie hatte einen fürchterlichen Gedanken. „Weder Mensch noch Vampir können sie pflücken. Aber das heißt doch nicht automatisch, dass es Halbvampire können, oder?“

„Schlotz zoppo! Du hast recht!“ Daka legte eine Hand aufs Herz.

„Herzrasen?“, fragte Silvania. Sie hatte ebenfalls eine Hand aufs Herz gelegt.

Ein paar Sekunden standen die Schwestern in der Dunkelheit auf dem Friedhof des Grauens und spürten ihrem Herzschlag nach.

„Herzstillstand auf jeden Fall nicht“, stellte Daka fest.

Silvania nickte. „Bei mir auch nicht. Aber es pocht ganz schön schnell. Fühl mal!“

„Meins auch. Ist das schon Rasen?“, sagte Daka, während sie die Hand auf Silvanias Herz legte und Silvania ihre Hand auf Dakas Herz.

Nach ein paar Sekunden zuckte Silvania mit den Schultern. „Wir müssen den Puls messen.“ Sie streifte den Ärmel hoch und sah auf die Uhr. Plötzlich riss sie die Augen auf. „Schlotz zoppo! 2:58 Uhr!“

„WAS?“ Daka starrte erst ihre Schwester an, dann auf die Uhr.

„In einer Minute müssen wir die Germania Dracona herausziehen!“ Silvania vergaß sofort jedes Herzrasen. Obwohl ihr Herz jetzt ganz sicher noch schneller schlug.

„Okay, ich gehe in Position“, sagte Daka, stellte sich auf das Beet, öffnete die Box und legte eine Hand um die Pflanze. Die Blätter stachelten. Dakas Hand zitterte. Die Knie auch. Am liebsten hätte sie sich die Nase zugehalten. Aber sie hatte keine Hand frei. Nervös sah sie zu ihrer Schwester. In den nächsten Sekunden hing alles von ihnen ab. Die Rettung der Vampirheit. Und ihr eigenes Leben.

Silvania hielt sich die Uhr vors Gesicht. Sie blinzelte mehrmals schnell hintereinander und unterdrückte ein Zittern im Arm. Es war 2:58 Uhr und 30 Sekunden. Sie ließ den Sekundenzeiger nicht aus den Augen. Mit belegter Stimme flüsterte sie ihrer Schwester zu: „Noch zehn Sekunden, neun, acht, sieben, sechs, fünf, vier, drei, zwei, eins. JETZT!“

Ein seltsames Gefühl

Ludo saß im Schneidersitz auf der Klobrille auf dem Rasen. Er drückte sich die Zeigefinger an die Schläfen. Er kniff die Augen zusammen. Der Empfang war schlecht. Wenn er doch nur deutlicher sehen könnte! Wenn er doch nur wüsste, warum er ein schlechtes Gefühl im Magen hatte. Als hätte er fünfzig Dosen Hundefutter gegessen.

Ludo versuchte, sich zu konzentrieren. Er atmete tief ein. Das Bild blieb unscharf, wie bei einer verwackelten Fotografie. Ludo wusste nur eins: Etwas lief gerade gewaltig schief. Er spürte es. Es war irgendein Fehler oder eine Dummheit. Sie hatten etwas vergessen! Etwas Wichtiges.

Etwas Lebenswichtiges.

„Was ist?“, fragte Helene. Sie saß neben Ludo auf der Klobrille und musterte ihn. Obwohl er mittlerweile ihr Freund war, kam er ihr manchmal immer noch unheimlich vor. Dieser Blick. Diese Augen. Der katzenartige Gang. Jetzt saß Ludo steif wie ein Bügelbrett da und hatte die Augen geschlossen.

Ludo brummte. Dann öffnete er ein Auge. Er sah Helene einen Moment schweigend an, atmete lautstark aus und öffnete das andere Auge. „Ich weiß nicht. Ich habe so ein seltsames Gefühl.“

„Wie – seltsam?“, fragte Helene.

Ludo zuckte mit den Schultern. „Na eben kein

gutes." Plötzlich spürte Ludo eine Hand auf der Schulter. Er zuckte zusammen und fuhr herum.

„Mach dir keine Sorgen, Lumo", sagte Mihai Tepes und klopfte Ludo auf die Schulter. Dann warf er die schwarze Mähne nach hinten und sah zu den Friedhofsmauern. Sein linkes Augenlid zuckte mehrmals hintereinander. „Meine Töchter schaffen das." Seine Stimme war belegt. Er räusperte sich. „Jawohl. Ganz bestimmt."

Vlad hatte die Hände in die Manteltaschen gesteckt. „Ich fresse eine Knoblauchzehe, wenn sie es nicht schaffen." Sein Blick flog nervös zum Friedhofstor. Er kniff die Hände in den Manteltaschen ununterbrochen auf und zu. „Alles wird gut."

Helene nickte. „Immerhin haben Daka und Silvania schon zwei eiskalte Kunsträuber hinter Gitter gebracht." Sie biss sich auf die Unterlippe.

„Genau!" Herr Tepes nickte Helene zu.

„Trotzdem", sagte Ludo und stand auf. „Ich habe kein gutes Gefühl."

„Das habe ich auch manchmal", sagte Onkel Vlad. „Wenn ich zur Arbeit gehe, den Kassenbon von Schlachter Sangrasa sehe oder den Hochzeitstag von Karpa und mir vergessen habe ..."

„Genau das ist es!", rief Ludo. „Wir haben etwas vergessen!"

„Einen Hochzeitstag?" Mihai Tepes zog die dichten Augebrauen hoch. Seiner war es nicht.

„Nein, etwas anderes, ganz Wichtiges." Ludo sah verzweifelt in die Runde.

Helene, Vlad und Mihai Tepes überlegten. Daka

hatte die luftdichte Box. Silvania hatte eine Uhr. Sie waren am richtigen Ort. Zur richtigen Zeit.

„Gibt es vielleicht noch ein Zauberwort oder so was, von dem wir nichts wissen?“, fragte Helene.

Onkel Vlad schüttelte den Kopf. „Sie müssen die Germania Dracona nur aus dem Boden ziehen.“ Er holte die Hände aus den Manteltaschen und sah auf die Uhr. Sie hatte ein knallrotes Plastikarmband und grüne Zeiger, die wie ein Krokodilsmaul aussahen. Elvira Tepes hatte ihm die Uhr geliehen. Sie ging auf die Sekunde genau. Vlad Tepes hasste es, sich von der Zeit am Handgelenk fesseln zu lassen, wie er es nannte. „Hoffen wir, dass Ludos Gefühl nicht stimmt. Denn jetzt ist sowieso alles zu spät. Es ist 2:58 Uhr und fünfzig Sekunden. Der Countdown läuft.“ Onkel Vlad begann laut zu zählen: „Einundfünfzig, zweiundfünfzig, dreiundfünfzig ...“

„Was haben wir nur vergessen?“

„... vierundfünfzig ...“

„Ludo, hör auf damit!“

„... fünfundfünfzig ...“

„Ich hab's gleich ...“

„... sechsundfünfzig ...“

„Es ist etwas total Einfaches ...“

„... siebenundfünfzig ...“

„Ludo, vergiss es! Die Zeit läuft.“

„... achtundfünfzig ...“

„DIE ZEIT!“

„... neunundfünfzig ...“

„DIE ZEITUMSTELLUNG!“

„... sechzig.“

Vor dem Höllenloch

JETZT!“, sagte Silvania. Sie hob den Blick von der Uhr und sah zu ihrer Schwester. Es war genau 2:59 Uhr.

Daka fasste die Germania Dracona fest ins Auge. Ihre Hand umklammerte den Stängel. Eine Sekunde zögerte Daka. Würde alles so laufen, wie Onkel Vlad versprochen hatte? Sie zogen die Pflanze aus dem Boden, packten sie in die luftdichte Box und spazierten wieder vom Friedhof. Ganz einfach. Oder? Warum hatte Daka dann auf einmal so ein Zwicken im Bauch? Daka sah zu ihrer Schwester.

Silvania nickte ihr zu. „Du musst jetzt ziehen!“, flüsterte sie und deutete auf die Germanie Dracona.

Silvania hatte recht. Daka musste jetzt sofort die Pflanze aus dem Boden ziehen, wenn sie den Geist von Osmund Mortus nicht wecken und lebend vom Friedhof kommen wollten. Daka zog. Und …

Die Pflanze bewegte sich kein Stück.

Daka stellte die luftdichte Box ab. Dann griff sie den Stängel mit beiden Händen. Die Stacheln piekten. Daka zog. Und zog. Und zog. Ihr Gesicht wurde rot. Was äußerst selten vorkam. Sie blähte die Backen auf. Sie hing sich mit ganzer Kraft an den Stängel. Nichts. Keinen Millimeter bewegte sich die Germania Dracona. Von wegen ganz einfach.

„Warte“, sagte Silvania. Sie stellte sich hinter ihre

Schwester und umklammerte sie mit beiden Armen am Bauch.

„Onu, zoi, trosch!“, rief Daka. Dann zogen sie gemeinsam. Die spitzen Blätter zerkratzten Dakas Arme. Der Geruch wurde immer unerträglicher. Es kam Daka so vor, als hätte die Germania Dracona in ihrer Angst einen Pups gelassen. Ihr taten jetzt schon die Vampire leid, die mit dem Saft dieser widerspenstigen Pflanze gurgeln mussten.

Beide Mädchen zogen aus Leibeskräften. Wie beim Seilziehen setzten sie ihr ganzes Gewicht ein. Es funktionierte. Erst bewegte sich die Germania Dracona nur ein kleines Stückchen. Doch dann, mit einem – PLOPP! – kam sie plötzlich mit der ganzen Wurzel aus dem Erdboden heraus.

Die Schwestern standen schwer atmend vor der Pflanze und musterten ihren hochgiftigen Fund.

„So eine lange und dicke Wurzel habe ich noch nie gesehen“, sagte Silvania.

Daka hielt sich die Nase zu und beugte sich über die Wurzel. „Die sieht aus wie ein Riesenkrake mit Saugnäpfen.“

„Pack sie bloß schnell in die Box.“ Silvania wedelte sich frische Luft zu.

Daka knickte die Pflanze zusammen und stopfte sie in die Box. Sie passte gerade so hinein. Daka hatte einen Moment den Eindruck, die Germania Dracona würde sich in der Box winden wie ein gefangenes Tier.

„Nichts wie weg hier“, flüsterte Silvania.

Daka kniff die Augen zweimal hintereinander zusammen, starrte die Box an und nickte. Ja, es war höchste Zeit, dass sie diesen Friedhof verließen. Daka war es ein Rätsel, warum Helene Friedhofsbesuche als Hobby hatte.

Plötzlich erstarrte Silvania in ihrer Bewegung.

„Was ist?“, fragte Daka leise. „Wieder ein Vogel?“

Silvania blickte mit weit aufgerissenen Augen in die Dunkelheit. Sie schüttelte sich. „Es ist so ruhig.“

Daka lauschte. „Stimmt. Aber ist das auf einem Friedhof nicht normal?“

„Es ist aber unheimlich ruhig. Verstehst du?“

Daka nickte langsam. „Du meinst: ZU ruhig.“

„Genau. Als hätte jemand den Ton ausgeschaltet.“ Silvania sah sich langsam nach allen Seiten um.

Auf einmal überkam Daka ein Frösteln. „Ist dir auch so kalt?“ Während sie sprach, bildete sich vor ihrem Mund eine kleine Rauchwolke.

Silvanias Zähne klapperten als Antwort. „W… w…w…wie in einer Tiefkühltruhe.“

„W…w…wo kommt die Kälte auf einmal her?“

Silvania schielte nach links und nach rechts. Etwas hatte sich verändert. Waren es die Bäume? Die Grabsteine? Oder nur das Licht auf dem Friedhof? Es kam ihr kühler, bläulicher vor.

„Ist das da drüben Nebel?“, fragte Daka leise und rückte näher an Silvania heran.

Jetzt sah es Silvania auch. Zwischen den Gräbern, Büschen und Bäumen wanden sich lautlos Nebelschwaden. Wie gefährliche Schlangen krochen sie langsam immer näher. Schon hatten sie den Grabstein von Osmund Mortus erreicht. Gleich würden sie die Beine der Zwillinge erfassen.

„Wenn das hier der Friedhof des Grauens ist, ist das dann der Nebel des Grauens?“, flüsterte Silvania.

„D…d…das ist ganz bestimmt ein ganz normaler Nebel. Du weißt schon, Wassertröpfchen, Kondensation und so weiter …“

Silvania zuckte zusammen. „Hörst du das auch?“

Ganz in ihrer Nähe rauschte es, als wehe ein Wind durch eine große, leere Halle. Nur dass es hier keine Halle gab. Und keinen Wind.

„Vielleicht zieht ein Gewitter auf“, sagte Daka. Sie fuhr sich mit der Hand über den Nacken. Ihre Finger zitterten.

„Es ist aber sternenklar. Es gibt weder Wolken noch Wind“, sagte Silvania.

Daka schielte in den Nachthimmel. Ihre Schwester hatte recht. Doch wenn es kein Gewitter war, was zog dann gerade auf? Daka spürte, dass sich ihnen etwas näherte. Unaufhaltsam, geschmeidig, gefährlich.

„Daka, ich glaube, hier ist jemand“, flüsterte Silvania. Sie stand stocksteif da und wagte kaum zu atmen.

Langsam drehte sich Daka nach allen Seiten um. Sie sah sogar nach oben und nach unten. Um sie herum war nichts als Nebel. „Ich sehe niemanden“, flüsterte sie zurück.

„Aber es riecht so merkwürdig“, fand Silvania.

„So muffig und modrig. Und dann dieser Nebel.“

Daka sah zum Grabstein von Osmund Mortus, der schwarz und stumm aus dem Nebel ragte. Das Zwicken in ihrem Bauch wurde stärker.

Silvania schielte zu ihrer Schwester. Obwohl sie Zwillinge waren, hatten sie selten dieselben Gedanken. Manchmal aber schon. Die Schwestern starrten beide auf den Grabstein.

Mit der einen Hand umklammerte Daka die Box mit der Pflanze. Mit der anderen die Hand ihrer Schwester. „Lass uns verschwinden“, flüsterte sie.

Silvania drückte die kalte, feuchte Hand ihrer Schwester und nickte. „Und zwar rapedadi.“

Plötzlich spürte Daka einen kalten Hauch. Direkt an ihrem Ohr.

„Zu spät!“, flüsterte eine heisere Stimme und lachte gehässig.

Daka schrie auf, ließ die Box fallen, fasste sich ans Ohr und drehte sich mit einem Ruck um. Sie sah direkt in zwei eisblaue Augen. Sie schrie noch mal.

Silvania fuhr herum. Sie schrie ebenfalls.

„Schreit nur!“, rief die heisere Stimme. „Euch hört hier niemand. Hier gibt es nur ein paar tote Gebeine, euch und mich. Osmund Mortus Daemon. Den Geist von OSMUND MORTUS!“

Daka und Silvania mussten sich gegenseitig aneinander festhalten, sonst wären sie vor Schrecken und Angst umgefallen. Sie sahen den Geist mit offenen Mündern an. Er war drei Köpfe größer als sie, hatte lange, wüste graue Haare und buschige Augenbrauen. In den Haaren bewegte sich etwas. Würmer. Unzählige dicke, feuchte Würmer. Auf seiner rechten Wange prangte eine Narbe. Sie sah aus wie der Biss von einem wilden Tier. Das Unheimlichste jedoch waren seine Augen. Sie stachen kalt und gierig aus dem dunklen bärtigen Gesicht. Wie zwei Eiszapfen durchbohrten sie die Zwillinge.

„Ihr habt meine Ruhe gestört“, donnerte der Osmund Mortus Daemon. „Dafür werdet ihr büßen!“

Silvania ging unwillkürlich einen Schritt nach hinten. Ihre Beine schlackerten wie bei einer Marionette. Sie stieß an die Grabeinfassung und zuckte zusammen. Am liebsten hätte sie sich in die Box verkrochen, die neben Daka auf dem Boden stand. Auch wenn darin eine stinkende, gefährliche Pflanze war. Alles war besser, als diesem Geist mit den Eisaugen und den Würmern im Haar ausgeliefert zu sein.

Daka starrte in die Geisteraugen. Sie konnte sich nicht bewegen. Der Blick des Geistes hatte sie schockgefrieren lassen. Sie war sich sicher: Würde sie auch nur eine Haarsträhne oder die Nasenspitze bewegen, würden sie abbrechen.

Lautlos bewegte sich der Geist auf die Zwillinge zu. Langsam und geschmeidig, wie der Nebel. Doch sein Lachen war wie ein Donnerschlag. „Jetzt steht ihr da wie die Jammerlappen. Schneeweiß seid ihr, in den Augen nichts als Angst. Was habt ihr auf dem Friedhof des Grauens zu suchen?“

Osmund Mortus war jetzt so nah, dass Silvania ihn riechen konnte. Er roch nicht gut. Säuerlich und modrig. „Wir wollten nur die Germa–“

„NICHTS! GAR NICHTS habt ihr hier zu suchen!“, fuhr der Geist Silvania ins Wort.

Silvania nickte schnell.

Daka stand noch immer stocksteif da. Hätte der Geist „Buh!“ gemacht, wäre sie auf der Stelle umgefallen.

„KEINER hat es bisher gewagt, mich, Osmund Mortus Daemon, zu wecken. Wer dies tut, folgt Osmund Mortus ins Reich der Toten.“

Silvania stieß einen Schrei aus.

Daka zuckte zusammen. Immerhin bewegte sie sich wieder.

Der Geist von Osmund Mortus schwebte noch näher an die Zwillinge heran. Silvanias Nasenflügel zitterten. Ihr wurde schlecht. Sie spürte einen Kloß. Erst im Magen, dann in der Kehle. Der Geist-Geruch war kaum noch zu ertragen. Aber sie konnte sich nicht die Nase zuhalten. Das wäre unhöflich. Und unhöflich wollte Silvania auf keinen Fall zum Geist des größten Vampirjägers aller Zeiten sein.

Daka war durch den Schrei ihrer Schwester aus dem Schockzustand erwacht. Jetzt war sie nicht mehr stocksteif, sondern schlackerte wie eine Turnhose im Wind. Sie sah, wie die eisblauen Augen immer näher kamen. Unwillkürlich trat sie einen Schritt zurück. Sie stolperte über die Grabeinfassung, trat aufs Beet, sah kurz nach hinten und – „AAAHHH!“ – schrie.

Dort, wo eben noch die Germania Dracona gestanden hatte, prangte ein riesengroßes schwarzes Loch. Es war breit genug für einen Menschen. Mit gewaltigen Figurproblemen. Das Loch schien bis zur Erdmitte zu reichen. Oder direkt bis zur Hölle.

„Ssssiiil…“ Dakas Mund war trocken. Sie schluckte und versuchte es erneut: „Ssssiiilva…“

Silvania drehte sich um. Sie bemerkte sofort die Panik in den Augen ihrer Schwester und folgte ihrem Blick. Dann sah sie es. Das Loch. Silvania zwinkerte nervös. Ihre Lippen zitterten. Das Loch war groß genug für Schwippschwägerin Luda aus Oklahoma. Es klaffte wie ein riesiger schwarzer Rachen aus dem Nebel. Aus seiner Mitte stieg feiner rötlicher Rauch auf. Einen Moment meinte Silvania sogar, aus der Tiefe Schreie zu hören. Das Reich der Toten. Dort unten war es.

Osmund Mortus lachte wie ein Donnergrollen.

Daka und Silvania fuhren wieder herum.

Der Geist breitete die Arme aus. An der rechten Hand fehlte ein Finger. Am linken Arm kroch eine gewaltige Nacktschnecke hinauf.

Daka und Silvania rückten dicht aneinander. Sie wagten keinen Schritt nach vorne – dort begegneten sie den eisblauen Augen. Sie wagten keinen Schritt nach links – dort war der Arm mit der Vierfingerhand. Sie wagten keinen Schritt nach rechts – dort war der Arm mit der Riesennacktschnecke. Sie wagten keinen Schritt zurück – dort war das Höllenloch.

„Verabschiedet euch von der Erde!“, rief der Osmund Mortus Daemon mit einer Stimme, die direkt aus dem Höllenloch zu kommen schien. „Willkommen im Reich der TOTEN!“ Dann machte er einen großen Schritt nach vorne.

Daka und Silvania Tepes schlossen die Augen.

Ludos Vision

Vor dem Friedhof liefen Mihai und Vlad Tepes hektisch an der Friedhofsmauer auf und ab.

„Wie konnte das nur passieren!“ Mihai Tepes raufte sich die Haare.

„Wieso haben wir die Zeitumstellung vergessen?“ Vlad Tepes stieß mit dem Fuß gegen die Mauer. Autsch. „An alles haben wir gedacht!“

„Nur nicht an die Zeitumstellung.“

War das verwunderlich? Alle waren nervös gewesen. Der lange nächtliche Flug, der Friedhof des Grauens, die Germania Dracona – da sollte noch jemand an die Zeitumstellung denken! Doch genau in dieser Nacht wurden die Uhren um 3 Uhr auf 2 Uhr zurückgestellt. Die Winterzeit begann. Die Sommerzeit war zu Ende. Hoffentlich war das nicht auch das Ende von Dakaria und Silvania Tepes.

„Ich fand Zeitumstellung schon immer blöd“, bekannte Vlad.

„Das hilft uns auch nicht weiter“, rief Helene, die mit Ludo das Hin- und Herlaufen der beiden Vampire beobachtete. „Wir müssen etwas unternehmen! Die beiden sind noch auf dem Friedhof.“

„Und soweit ich den Durchblick habe, nicht allein“, murmelte Ludo leise.

„Du meinst …?“ Mihai Tepes hielt in seiner Bewegung inne und vergaß sogar das Haareraufen.

„Der Geist?“, fuhr Vlad Tepes fort.

Ludo nickte langsam.

„Ich muss zu meinen Töchtern. RAPEDADI!“, rief Mihai Tepes und hob bereits mit einem Armschlag vom Erdboden ab.

In letzter Sekunde hing sich Vlad an das rechte Bein seines Bruders. „HALT! Hiergeblieben.“ Mit einem dumpfen Schlag landeten die beiden Vampire auf dem Erdboden.

Mihai rieb sich den Kopf.

Vlad klemmte sich das Monokel wieder ins Auge. „Du kannst nicht auf den Friedhof. Die Germania Dracona ist lebensgefährlich für dich.“

„Und der Geist von Osmund Mortus ist lebensgefährlich für meine Töchter!“ Der Lackritzschnauzer von Mihai Tepes zitterte.

„Du hilfst ihnen nicht, indem du stirbst“, stellte Vlad klar.

„Aber auch nicht, indem ich mir vor dem Friedhof die Haare raufe. Wir müssen ihnen helfen! Wir müssen zu ihnen!“ Mihai Tepes fuhr sich mit beiden Händen durch die Haare und lief unruhig im Kreis wie ein Tier im Käfig.

„Keiner von uns kann auf den Friedhof. Wir würden Herzrasen bekommen“, erinnerte Ludo und deutete auf Helene und sich, „und ihr einen Herzstillstand. Das ist beides nicht gesund.“

„Ich habe sowieso schon Herzrasen, wenn ich an meine Töchter denke. Wer weiß, was der Geist ihnen gerade antut!“, rief Mihai. Sein Gesicht war für einen Vampir ungewöhnlich rötlich.

„Und ich bekomme einen Herzstillstand, wenn wir nicht bald etwas unternehmen.“ Helene kniff sich nervös in den linken Arm. Darauf waren lauter kleine rote Flecken zu sehen.

„JA, JA, JA. Ihr habt ja recht. Wir müssen etwas unternehmen“, rief Vlad mit tiefer Stimme. Er war der Chef der ganzen Unternehmung. Er hatte die Aktion zur Rettung der Vampirheit eingefädelt. Er musste eine Lösung finden. Er musste seine Nichten retten. Sonst konnte er seinem Bruder nie wieder in die Augen sehen. Sich selbst auch nicht.

„Wenn wir in zehn Sekunden keine Idee haben, dann fliege ich zu meinen Töchtern. Ich lasse sie nicht mit dem Geist des mächtigen Vampirjägers allein. Auch, wenn das vielleicht mein Ende sein wird“, sagte Mihai Tepes mit zitternder Stimme.

Die anderen sahen in seinen glänzenden schwarzen Augen, dass er es ernst meinte.

„FUMPFS!“, rief Vlad Tepes und schlug sich mit der Faust auf die Hand. „Es muss doch eine Möglichkeit geben, wie wir auf den Friedhof kommen, ohne die Germania Dracona einzuatmen.“ Er biss sich auf die Unterlippe. Er runzelte die Stirn. Er spitzte die Lippen. „Warte, Mihai, ich hab's gleich!“

„Vielleicht haben Daka und Silvania sie ja auch schon in die Box gesteckt“, meinte Helene.

Einen Moment sahen Vlad, Mihai und Ludo sie an. Dann schüttelten sie den Kopf.

„Nein, das glaube ich nicht.“

„Das können wir nicht riskieren.“

„So schnell waren sie bestimmt nicht.“

Helene verzog den Mund. Sie fand ihre Idee gar nicht so abwegig.

„Mit reicht's“, sagte Mihai und breitete die Arme aus. „Ich fliege jetzt.“

„NEIN!“, rief Vlad. „Ich habe eine Idee ...“

Mihai sah seinen Bruder erwartungsvoll an.

„... irgendwo im Hinterkopf.“ Vlad sah sich Hilfe suchend um.

Helene zuckte mit den Schultern.

Ludo hatte die Augen geschlossen und massierte sich mit den Zeigefingern die Schläfen.

„Siehst du etwas?“, fragte Vlad hoffnungsvoll.

Ludo atmete lautstark. Er presste die Lippen aufeinander. Er grunzte. Dann zischte er wie ein Reifen, der gerade einen Platten bekommen hatte.

Alle sahen Ludo gespannt an. Vor den Friedhofsmauern herrschte absolute Stille.

„Und?“, fragte Helene schließlich.

Ludo öffnete die Augen. „Ich sehe uns auf dem Friedhof. Wir rennen hinter jemand her.“

„Nicht vor jemandem weg?“, fragte Mihai und runzelte die Stirn.

Ludo schüttelte den Kopf. „Und da ist noch eine Kleinigkeit ...“ Ludo kniff die Augen dreimal hintereinander auf und zu. Er kratzte sich am Ohr.

„JAAA?“, fragten Helene, Vlad und Mihai gleichzeitig.

„Wir haben komische Anzüge an.“

Helene, Vlad und Mihai sahen einander mit großen Augen an. „ANZÜGE?“

Ludo nickte. „Na klar. Das ist DIE Lösung.“

Osmund Mortus Daemon

Osmund Mortus hatte eine große, blumenkohlförmige Nase mit schwarzen Poren, so groß wie Stecknadelköpfe, gehabt. Der Geist von Osmund Mortus hatte diese Nase auch. Diese Nase war nur eine Briefmarkendicke von Daka und Silvania entfernt.

Daka schielte auf die schwarzen Poren. Sie versuchte sich abzulenken, indem sie sie zählte. Sie war bereits bei fünfundzwanzig.

Silvania sah ebenfalls auf die Nase. Sie dachte dabei nicht an Blumenkohl oder daran, die Poren zu zählen. Sie dachte: Meine. Hose. Ist. Gleich. Nass.

Osmund Mortus Daemon rümpfte die Blumenkohlnase. Er runzelte die von Warzen überzogene Stirn. Seine Nasenlöcher blähten sich auf. Daka und Silvania sahen darin Dinge, die sie gar nicht sehen wollten.

Osmund Mortus Daemon witterte etwas. Er schnüffelte von oben bis unten an den Zwillingen. Er schüttelte sich. Ein paar Würmer fielen aus seinen Haaren. „Ich rieche …“, begann er, „… ich rieche …“, er baute sich vor den Zwillingen auf, streckte die Brust heraus und hob das bärtige Kinn, „… ich rieche TRANSSILVANISCHE ERDE!“

Daka sah auf ihre silbernen Schnürstiefel. Sie wackelte mit den Zehen. Dazwischen knirschte transsilvanische Erde.

Silvania fasste an ihren goldenen Kettenanhänger. Man konnte ihn aufklappen. Darin war ein Bild von Oma Zezci. Und ein paar dunkle Krümel. Kein Staub. Transsilvanische Heimaterde.

Osmund Mortus Daemon stemmte den Nacktschneckenarm in die Hüfte. Mit dem anderen Arm zeigte er auf die Mädchen. Genau genommen mit dem Mittelfinger. Der Zeigefinger fehlte. „Ihr seid VAMPIRE!“, rief er. Die eisblauen Augen funkelten voller Hass.

Daka und Silvania wagten es nicht, zu widersprechen. Geister hatten immer recht. Vor allem, wenn sie kurz davor waren, einen ins Reich der Toten zu befördern.

„VAMPIRE!!!“, rief Osmund Mortus Daemon. Er warf seinen Kopf nach hinten und lachte. Es war ein schauriges Lachen.

Daka schielte zu ihrer Schwester. Die zuckte kaum merklich mit den Schultern.

„VAMPIRE! Hier auf meinem Grab.“ Osmund Mortus Daemon schüttelte den Kopf. Ein Wurm klammerte sich an einer grauen Haarspitze fest. Dann rieb sich der Geist die Hände. Er kniff die Augen zu Schlitzen zusammen und musterte die Zwillinge. „Nein. Ihr kommt nicht so einfach ins Reich der Toten“, sagte er leise.

Silvania sah den Geist verdattert an. Nicht so einfach ins Reich der Toten? Mussten sie vorher noch Aufgaben erfüllen? Oder kamen sie als Vampire, für die sie Osmund Mortus Daemon nun offenbar hielt, an einen anderen Ort? Als Vampirjäger sammelte er vielleicht Vampire und sie kamen in ein ... Museum.

„Für euch gibt's eine Sonderbehandlung", fuhr Osmund Mortus Daemon fort.

Sonderbehandlung klang gar nicht gut, fand Daka. Sie musste an ihren Tierkundelehrer in Bistrien denken. Herr Banat vergab selten schlechte Noten, dafür jede Menge Sonderbehandlungen, wie z. B. das Säubern des Schulschweinestalls, Nachhängen am Fahnenmasten der Schule bis zum Morgengrauen, oder man musste, bis man eine Blase an der Hand hatte, an die Tafel schreiben: „Ich darf meinen Lehrer nicht mit Rattenaugen, Wildschweinborsten oder anderen Essensresten bewerfen". Wenn dem gutmütigen Tierkundelehrer solche Sonderbehandlungen einfielen, was fiel dann dem Geist des größten Vampirjägers aller Zeiten ein?

„Ihr werdet GRAUSAM und QUALVOLL dahinsiechen, wie es sich für blutsaugende Ungeheuer wie euch gehört!", rief Osmund Mortus Daemon. „Und zwar durch die ausgeklügelten, schonungslosen und brutalen Mittel des Osmund Mortus – dem größten Vampirjäger aller Zeiten!"

Daka sah kurz zu ihrer Schwester und drückte fest ihre Hand. Eine Sonderbehandlung konnte einfach nichts Gutes sein.

Silvania erwiderte den Druck. Sie biss sich auf die Unterlippe. Also nichts mit Museum, dachte sie. Das Reich der Toten klang gegen das, was Osmund Mortus Daemon jetzt mit ihnen vorhatte, wie eine Gartenparty.

Die Schwestern warfen sich einen letzten Blick zu. Silvania hatte eine Träne im rechten Augenwinkel. Sollte ihr junges Halbvampirleben so enden? Auf dem Friedhof des Grauens, ungeküsst und mit verschwitzten Haaren?

Daka wollte nicht so schnell aufgeben. Es musste einen Ausweg geben. Sie überlegte fieberhaft. Aber sie war viel zu nervös und ihr Körper viel zu geschwächt vom langen Flug. Ihre Gedanken fuhren Geisterbahn. Hatte Oma Zeczi recht und ein Happy End gab es nur in Filmen und Büchern? Aber Daka wollte noch nicht sterben. Sie wollte Meisterin im Freestyle Fly werden, sie wollte einen Weltflug machen und sie wollte zusammen mit dem Sänger von *Krypton Krax* auftreten. Sie biss sich vor Verzweiflung auf die Zunge.

„Gleich ist es AUS mit euch!“, rief der Geist. Er lachte mit dämonischer Vorfreude. „NEHMT DIES!“ Blitzschnell hatte er etwas aus der Manteltasche gezogen. Er hielt es Daka und Silvania direkt vors Gesicht.

Daka und Silvania sahen etwas aufblitzen und wichen spontan zurück.

Es war ein silbernes Kreuz.

Daka und Silvania starrten das Kreuz einen Moment an. Dann sahen sie zum Geist, dann wieder zurück zum Kreuz.

Osmund Mortus Daemon runzelte die Stirn. Er sah das Kreuz selbst prüfend an und polierte es schnell mit dem Mantelärmel. Dann hielt er es wieder vor die Mädchen. „NEHMT DIES!“

Daka schielte fragend zu ihrer Schwester.

Silvania zuckte mit den Schultern.

Daka streckte langsam die Hand nach dem Kreuz aus. Kurz bevor sie es berühren konnte, zog der Geist das Kreuz blitzschnell zurück.

„Bist du von Sinnen, Vampir?!“, rief der Osmund Mortus Daemon.

„Wieso? Sie haben doch gesagt, wir sollen es nehmen“, antwortete Daka. Sie sah ihre Schwester Hilfe suchend an.

Die eisblauen Augen schossen giftige Blicke auf die Zwillinge. „Ihr seid widerstandsfähiger, als ich dachte. Aber ich kriege euch, keine Bange. Mir ist noch nie ein Vampir entkommen. NEHMT DIES!“ Mit diesen Worten zog der Geist aus der Mantelinnentasche eine lange, große weiße Kette hervor. Sie bestand aus lauter Knoblauchzehen. Osmund Mortus Daemon schwenkte die Kette vor den Zwillingen hin und her.

Silvania und Daka standen noch immer stocksteif da. Nur ihre Augen bewegten sich. Sie folgten der Knoblauchkette nach links. Nach rechts. Nach links. Und wieder nach rechts.

Der Geist sprach mit tiefer Stimme: „Vampirus mortuus dolerus monstrum exitus.“ Er wiederholte den Satz mehrmals in einem seltsamen Singsang. Dabei verdrehte er die eisblauen Pupillen nach oben, sodass nur noch der gelblich-weiße Augapfel zu sehen war.

Die Schwestern hatten die Knoblauchkette mittlerweile aus den Augen gelassen und sahen den

Geist mit offenen Mündern an. Der Singsang-Satz hörte sich sehr beeindruckend an. Aber sie verstanden kein Wort. Es war weder Deutsch noch Vampwanisch.

„Sollen wir die Knobikette jetzt nehmen oder nicht?“, flüsterte Daka ihrer Schwester zu.

„Lieber nicht“, flüsterte Silvania zurück.

Plötzlich brach Osmund Mortus Daemon den Singsang ab. Er starrte die Schwestern mit weit aufgerissenen Augen an. „Ihr ... ihr seid immer noch ... aber ... der Knoblauch ... ich verstehe nicht ...“ Der Geist fuhr sich mit der Vierfingerhand durch die wirren grauen Haare. Ein Wurm klebte an der Hand fest. „Na schön. Ihr habt es nicht anders gewollt! Euch erwartet die schlimmste Folter seit Vampirgedenken“, rief er. Er holte einen kleinen bronzenen Kessel mit einem goldenen Wedel aus seinem Mantel. Er tauchte den Wedel in den Kessel und bespritzte die Zwillinge mit einer Flüssigkeit.

Silvania duckte sich instinktiv.

Daka leckte sich mit der Zunge ein paar Spritzer von den Lippen. „Wasser?“

„Vampirus mortuus dolerus monstrum exitus“, sang der Geist mit tiefer Stimme. Er hatte die Pupillen gen Himmel gedreht.

Silvania richtete sich wieder auf – *Platsch!* –, genau als der Geist eine kräftige Ladung Weihwasser mit dem Wedel austeilte. „Meine Frisur!“, rief Silvania spontan und fuhr sich mit den Händen über den Kopf.

Der Geist hielt abrupt inne. Er sah die Zwillinge

an. Seine Lippen begannen zu zittern. „Vampirus mortuus dolerus monstrum exitus", betete er eindringlich.

Daka versuchte, weitere Weihwasserspritzer abzubekommen. Sie hatte Durst.

Silvania hatte kurz angstvoll innegehalten, als der Geist die Zwillinge gemustert hatte. Doch jetzt war sie wieder mit ihren Haaren beschäftigt.

Osmund Mortus Daemon war mit Singen beschäftigt. „Vampirus mortuus dolerus monstrum exitus", wiederholte er abermals.

Daka leckte sich einen Weihwassertropfen von den Lippen. Dann lauschte sie dem seltsamen Singsang und unterdrückte ein Gähnen. Sie hatte sich geirrt. Zum Glück. Die Sonderbehandlungen von Herrn Banat waren viel schlimmer als die vom Vampirjägergeist.

Silvania hatte ihre Frisur wieder gerichtet. Sie musterte Osmund Mortus Daemon. Langsam ging ihr ein Licht auf. Ein Kreuz, Knoblauch, Weihwasser – der größte Vampirjäger aller Zeiten musste vor Urzeiten gelebt haben.

Der Singsang von Osmund Mortus Daemon wurde immer schwächer. Sein Zittern dafür immer stärker. Der Kessel mit dem Weihwasser fiel ihm aus der Hand. Ebenso der Wedel. Seine Beine versagten. Der Geist fiel auf die Knie. „Wieso lebt ihr noch? Ich verstehe das nicht ... meine raffinierten Waffen ... sie haben immer gewirkt ..."

Daka und Silvania beobachteten den Geist einen Moment mit Abstand. Vielleicht war das Ganze nur ein ausgeklügelter Trick und schnapp – im nächsten Augenblick waren sie Halbvampirbrei.

Der Geist schluchzte. Er schüttelte sich. Seine Augen waren gerötet. Er sah die Zwillinge hilflos an. „WIESO?“, rief er verzweifelt.

„Sind Sie sich sicher, dass Sie der größte Vampirjäger aller Zeiten waren?“, fragte Daka.

Osmund Mortus Daemon nickte. „Ich war überall gefürchtet. Die Vampire sind grausam zugrunde gegangen. Keiner ist mir entkommen.“

„Das muss aber schon sehr lange her sein. Ihre Mittel sind total veraltet“, erwiderte Silvania.

„Veraltet?“ Der Geist wurde noch blasser, als er sowieso schon war.

„Ja. Es gibt neue Technologien“, sagte Daka.

„Und die Globalisierung“, fügte Silvania hinzu.

„Globalisierung?“ Der Geist starrte die Zwillinge mit offenem Mund an. In der vorderen Zahnlücke krabbelte etwas.

Daka sah den Geist mitleidig an. Sie wollte etwas Nettes zu ihm sagen. „Seien Sie froh, dass Sie schon tot sind.“

„Sonst wären Sie jetzt arbeitslos“, sagte Silvania.

„Na ja, vielleicht könnte er mit dem Singsang irgendwo auftreten“, überlegte Daka laut.

Osmund Mortus Daemon sah erst zu Daka. Dann zu Silvania. Er schlug die Hände vors Gesicht, beugte sich vorneüber und begann laut zu schluchzen.

Silvania zog die Augenbrauen hoch.

Daka kratzte sich hinter dem Ohr.

Der Geist schluchzte.

Einen Moment wussten die Schwestern nicht, was sie tun sollten. Sollten sie die Gelegenheit nutzen und sich so schnell wie möglich vom Acker machen? Aber dann wäre Osmund Mortus Daemon vermutlich nicht mehr traurig, sondern richtig wütend. Er würde sie einholen und nicht mehr entkommen lassen. Das Reich der Toten war ihnen gewiss. Mindestens. Außerdem, fanden die Schwestern, sah der Geist wirklich mitleiderregend aus. Wie er so dasaß und schluchzte, seine Schultern bebten und die Würmer in seinen Haaren die Flucht ergriffen. Konnten sie einen Menschen (oder einen Geist) so mit seinem Kummer alleine zurücklassen?

Schließlich kniete sich Daka vor Osmund Mortus Daemon. „Das ist doch nicht so schlimm."

„Nicht SCHLIMM?", schnaufte der Geist zwischen zwei Schluchzern. „Ich war der größte Vampirjäger aller Zeiten. Und jetzt sind meine Mittel keinen Pfifferling mehr wert. Die Vampire lachen mich aus! Die Menschen werden mein Denkmal niederreißen. Wie soll ich noch in Ehre tot sein?"

„Sooo schlecht sind Ihre Mittel gar nicht", sagte Silvania.

„Ha! Hahahaha! Sie wirken nur ÜBERHAUPT nicht mehr", rief der Geist. Er lachte nochmals hysterisch auf.

„Vielleicht liegt es daran", begann Daka, „dass wir Halbvampire sind. Uns machen Kreuze, Knoblauch und Weihwasser nichts aus." Das war gelogen. Aber nur ein bisschen. Knoblauch machte auch Halbvampiren etwas aus, aber nur, wenn sie ihn aßen. Das war wie bei Menschen, die eine Allergie hatten, zum Beispiel gegen Nüsse.

„Genau. Bei echten Vampiren funktionieren Ihre Mittel“, log Silvania. Sie konnte sich nicht vorstellen, dass Onkel Vlad oder ihr Vater vor Kreuzen, Knoblauch oder Weihwasser davonliefen.

„HALBVAMPIRE?!?“ Osmund Mortus Daemon stierte die Zwillinge an wie zwei Außerirdische. „Seit wann gibt's denn so etwas?“

„Seit unsere Mutter in den Karpaten wandern war“, sagte Daka.

„Sie trug eine Halskrause“, erklärte Silvania.

„Weil sie ein paar Tage vorher gestürzt war“, fügte Daka hinzu.

„Unser Papa hat sich in die Halskrause verbissen“, sagte Silvania.

„Und dann haben sie einander in die Augen gesehen ...“, fuhr Daka fort.

„... und sich verliebt.“ Silvania seufzte.

„Und deshalb gibt es uns“, schloss Daka. „Was dazwischen passiert ist, können Sie sich sicher denken.“

Der Geist sah Daka und Silvania einen Moment mit offenem Mund an. Dann schüttelte er den Kopf. Ein dicker, glitschiger Wurm rutschte aus den Haaren und landete knapp neben Dakas silbernen Schnürstiefeln. „Halbvampire! Zum Glück bin ich schon tot.“

Daka stupste den Wurm vorsichtig mit dem Fuß ein wenig zur Seite. „Sag ich doch, da können Sie froh sein.“

Osmund Mortus Daemon warf noch einen kurzen Blick auf die Zwillinge, dann starrte er vor sich hin. Er kratzte sich mit dem Weihwasserwedel am Bart. Von seiner Lippe tropfte etwas Speichel.

Silvania zupfte ihre Schwester am Ärmel. Jetzt war es wirklich an der Zeit, die Fledermaus zu machen. Sie hatten den Geist getröstet, mehr konnten sie nicht tun.

Daka hob vorsichtig die luftdichte Box auf. Sie wagte einen Schritt nach rechts. Nur weg vom Höllenloch!

Plötzlich schoss der Geist in die Höhe. „WO WOLLT IHR HIN?“ In voller Größe stand er mit funkelnden Eisaugen vor ihnen.

Daka zog den Kopf ein und sagte leise: „Nach Hause?“ Es klang, als wolle sie um Erlaubnis bitten.

Osmund Mortus Daemon steckte den Weihwasserwedel ein. „Das geht so nicht. Ihr könnt hier nicht einfach vom Friedhof spazieren. Wie sieht denn das aus?“

Daka und Silvania fanden, das sah sehr gut aus. Aber sie sagten lieber nichts.

Der Geist blickte die Zwillinge mit wässrigen Augen an. Er rieb das rechte Ohr an der Schulter und sagte leise mit schräg gelegtem Kopf: „Kann ich euch wenigstens vom Friedhof jagen, wie es sich für einen ordentlichen Geist gehört?“

Daka richtete den Kopf wieder auf und atmete aus. Dann stülpte sie die Lippen nach außen und zuckte mit den Schultern. „Von mir aus.“

„Wenn's sein muss", sagte Silvania.

Osmund Mortus Daemon blieb unentschlossen vor den Zwillingen stehen. Er hatte die Lippen aufeinandergepresst und sah zu Boden.

Daka schielte fragend zu ihrer Schwester. Silvania zuckte die Schultern.

„Jagen Sie uns schon?", fragte Daka.

Der Geist blickte auf. „Ich habe eine Bitte. Erzählt niemandem, dass die Mittel des größten Vampirjägers aller Zeiten veraltet sind. Erzählt niemandem, wie ich mich blamiert habe. Lasst Osmund Mortus in Ehre tot sein!" Der Geist verschränkte die Hände und sah die Mädchen eindringlich an. Eine Träne lief aus dem rechten Auge über eine Warze, über die Narbe bis zum grauen Bart, wo sie eine kleine Kellerassel ertränkte.

„Und Sie tun aber auch nur so, als würden Sie uns jagen, und lassen uns ohne Probleme vom Friedhof", stellte Silvania noch einmal klar.

„Ich schwöre es bei der Ehre des größten Vampirjägers aller Zeiten." Osmund Mortus Daemon hob feierlich die Hand mit den vier Fingern. „Aller vergangener Zeiten", fügte er leise hinzu.

„Okay. Abgemacht", sagte Daka. Einen Moment wollte sie dem Geist die Hand reichen, entschied sich dann aber aus gesundheitlichen Gründen dagegen.

Osmund Mortus Daemon nickte den Zwillingen zu. Dann atmete er lautstark ein. Es hörte sich an, als braue sich ein Gewitter zusammen. Der Geist baute sich vor den Schwestern auf. Er stemmte die

Hände in die Hüften, blähte die Backen auf und stampfte mit den Füßen.

Die Zwillinge sahen den Geist erwartungsvoll an.

Osmund Mortus Daemon ließ die Luft aus den Backen und blickte verzweifelt auf die Schwestern hinab. „Na los! Ihr müsst wegrennen."

„Ach so", sagte Daka.

„Alles klar", sagte Silvania.

Die Schwestern rannten los. Sie liefen auf dem kleinen Nebenpfad zum großen Kiesweg, der direkt zum eisernen Friedhofstor führte. Osmund Mortus Daemon rannte hinter ihnen her. Er machte „Huhu" und „Huihui" und manchmal auch „Buhu". Er gab sich wirklich große Mühe.

Beinahe hätte Daka sogar grinsen müssen. Doch kurz bevor sie das Friedhofstor erreichten, gefroren ihre Gesichtszüge vor Schreck. Mitten im Tor standen vier Gestalten. Sie hatten hautenge schwarze Anzüge an, trugen seltsame große Brillen und hatten Schläuche im Mund.

Silvania schrie auf.

Die Gestalten schrien ebenfalls. Sie rissen die Arme in die Höhe und stürmten auf die Zwillinge zu.

Blitzschnell änderten Daka und Silvania die Richtung. Wer nachts vermummt auf dem Friedhof des Grauens herumwandelte, konnte nichts Gutes im Sinn haben. Die Zwillinge mussten den vier Gestalten entkommen.

Retter im Anzug

Ludo, Helene, Vlad und Mihai hatten gerade in ihren Taucheranzügen den Friedhof betreten, als Silvania und Daka auf das Friedhofstor zustürmten. In letzter Sekunde änderten sie schlagartig die Richtung. Statt durch das Tor in die Freiheit zu laufen, rannten sie nach rechts auf einen Friedhofsweg. Warum taten sie das? Für Ludo, Helene, Vlad und Mihai stand fest: Etwas Grausames, Furchterregendes musste hinter ihnen her sein. Es hatte Silvania und Daka so viel Angst eingeflößt, dass sie nicht mehr wussten, wo sie waren und wohin sie liefen.

Und da kam er auch schon mit Brausen und Donnern um die Ecke, grausam und furchterregend: Osmund Mortus Daemon. Er stürmte wie besessen hinter den Zwillingen her. Seine langen grauen Haare stoben nach hinten. Würmer baumelten und kringelten sich an den Haarspitzen. Seine Augen waren blau, sein Blick eiskalt. Er hatte die langen, dünnen Arme nach den Zwillingen ausgestreckt. Er schrie markerschütternd „Huhu“, „Huihui“ und „Buhu“.

Für Helene war es der gruseligste Geist, den sie jemals gesehen hatte. Und ihr erster.

Für Ludo war es auch der gruseligste Geist, den er jemals gesehen hatte. Und er hatte schon einige gesehen.

Mihai und Vlad spürten beim Anblick von Osmund Mortus Daemon ein schmerzhaftes Ziehen in den Wurzeln ihrer Eckzähne. Wenn sie, zwei erwachsene Vampire aus einer der ältesten Vampirfamilien der Welt, schon vor dem Geist schauderten, wie ging es dann Daka und Silvania? Sicher hatten sie Todesangst! Sie mussten die Zwillinge retten! Und zwar rapedadi! Vlad gab sofort das Zeichen und die vier Taucher rannten hinter Osmund Mortus Daemon hinterher. So schnell sie konnten. Allerdings konnten sie nicht sehr schnell.

Helene rutschte mit den Taucherfüßlingen beinahe auf dem Kies aus.

Bei Vlad beschlug die Tauchermaske. Und sein Monokel. Er fluchte innerlich.

Mihai verlor beinahe das Mundstück, so heftig ging sein Atem.

Ludo, der dem Geist am dichtesten auf den Fersen war, sah auf einmal nichts mehr. Ein Wurm hatte sich aus den Haaren von Osmund Mortus Daemon gelöst und war auf Ludos Tauchermaske geklatscht. Ludo schielte auf den Wurm. Ihm wurde schlecht.

Osmund Mortus Daemon raste hinter Silvania und Daka hinterher. Jeden Moment würde er sie einholen. Er war nur noch Zentimeter von den Zwillingen entfernt. Der Abstand zwischen den Tauchern und dem Geist dagegen wurde immer größer.

Dann geschah etwas Merkwürdiges. Gerade, als Mihai einfiel, dass er flopsen, und Vlad einfiel, dass er fliegen und den Geist mit ein paar gekonnten Hachigriffen zur Strecke bringen könnte, verschwanden Daka und Silvania plötzlich durch ein kleines Nebentor aus dem Friedhof. Osmund Mortus Daemon jedoch raste weiter geradeaus. Als hätte er den Abzweig verpasst. Er schien kein Problem damit zu haben, dass seine Beute auf einmal verschwunden war.

Die Taucher wedelten mit den Armen, tippelten mit den Füßlingen und bekamen gerade noch die Kurve. Sie rannten durch das Nebentor. Vor den Friedhofsmauern rissen sie sich die Tauchermasken und Mundstücke vom Gesicht. Gierig atmeten sie die Nachtluft ein.

Daka und Silvania starrten die Taucher an. „IHR?“, riefen sie gleichzeitig.

„Wer sonst?“, schnaufte Onkel Vlad.

Mit Schweißtropfen auf der Stirn umarmte Mihai Tepes seine Töchter. „Datiboi flatliac! Ihr lebt!“, rief er, während er sein Gesicht in Silvanias rotbraunen Haaren vergrub und mit der Hand über Dakas Stachelhaarfrisur strich.

Silvania und Daka bekamen kaum Luft, so kräftig umarmte ihr Papa sie. Aber auch sie schlangen die Hände um ihn.

Helene, Ludo und Vlad umarmten die Zwillinge von der anderen Seite.

„Puh, hatte ich Schiss“, sagte Helene und drückte erst Silvanias und dann Dakas Arm.

„Boi, boi, boi“, murmelte Vlad und schlug den Zwillingen auf die Schulter.

Ludo sagte nichts. Er drückte nur.

Nach diesem Abenteuer tat so eine Umarmung

richtig gut. Silvania und Daka fühlten sich rundum beschützt, behütet und ... vielleicht ein kleines bisschen eingezwängt. Silvania hustete. Daka röchelte.

„Entschuldigung ...“, krächzte Silvania und bekam einen Arm frei.

„Könntet ihr vielleicht ...“, brachte Daka hervor, die den Arm von ihrem Papa vor der Nase hatte. „Ich – krieg – keine – Luft – mehr.“

„Schlotz zoppo!“ Mihai Tepes gab seine Töchter aus der Umarmung frei.

Vlad, Helene und Ludo traten zurück.

Die Zwillinge schnappten nach Luft. Als sie sich wieder erholt hatten, musterten sie die anderen von oben bis unten.

„Wieso ...?“, begann Silvania und runzelte die Stirn.

„Sind das etwa ...?“, sagte Daka und deutete auf die Anzüge.

„Taucheranzüge!“, sagte Helene.

„Unser Freund Jumpo hier hatte diese brillante Idee.“ Mihai Tepes legte Ludo den Arm um die Schulter.

Ludo sah zu Boden. Dann sah er die Zwillinge an und grinste.

„Als wir wussten, dass ihr in Schwierigkeiten steckt ...“, begann Mihai.

„Wegen der Zeitumstellung“, warf Helene ein.

„Da ...“, wollte Mihai Tepes fortfahren.

„DIE ZEITUMSTELLUNG?“, rief Silvania.

Daka schlug sich mit der flachen Hand vor die Stirn. „Na klar. Die Winterzeit fängt an.“

„Ach, deshalb ...“, begann Silvania.

„Und ich dachte, wir haben zu lange gebraucht, um die Germania Dracona aus dem Boden zu ziehen“, sagte Daka.

„Uns war klar, dass ihr den Geist geweckt habt. Wir wollten unbedingt auf den Friedhof und euch retten“, sagte Vlad.

„Aber da war ja die Germania Dracona“, warf Ludo ein.

„Wir mussten uns schützen“, bemerkte Helene.

„Denn tot hätten wir euch nicht retten können“, stellte Ludo klar.

„Also haben wir uns Taucheranzüge besorgt“, sagte Onkel Vlad.

„Die haben wir uns mal kurz ausgeliehen“, sagte Mihai und kratzte sich an der Nase.

„Von einer kleinen Taucherschule. Wir bringen sie gleich zurück“, sagte Vlad.

„Und es hat bestens geklappt. Dem Geist haben wir es ordentlich gezeigt, was?“ Mihai sah zufrieden in die Runde.

Daka und Silvania starrten ihren Papa an. Dann nickten sie langsam. Daka hüstelte in die Faust. Silvania putzte sich kurz die Nase.

„Jetzt erzählt ihr aber mal!“ Helene trippelte von einem Fuß auf den anderen. „War es auf dem Friedhof richtig unheimlich? Gab es auch Zombies? Hat der Geist geredet und war er richtig furchtbar schrecklich? Habt ihr die Germania Dracona?“

Daka hielt die luftdichte Box in die Höhe. „Steckt hier drin.“

Die anderen musterten die Box wie eine Schatztruhe.

„Wie habt ihr es geschafft, die Germania Dracona zu pflücken, obwohl ihr den Geist geweckt habt?“, fragte Onkel Vlad.

Daka streckte die Brust heraus. „Eigentlich war es ganz ein…“

Silvania stieß ihre Schwester in die Seite.

Daka sah sie irritiert an.

„Es war ganz einfach … wahnsinnig unheimlich. Beinahe mussten wir mit unserem Leben dafür bezahlen“, erzählte Silvania.

Daka zog die Augenbrauen hoch. Dann nickte sie schnell. „Stimmt. Erst wollte uns Osmund Mortus Daemon ins Höllenloch schubsen, direkt ins Reich der Toten …“

Helene stieß einen kurzen Schrei aus.

Mihai legte die Hände auf die Wangen und riss die Augen auf.

Vlad und Ludo standen stocksteif da und hörten mit offenem Mund zu.

„… und dann kam es aber viel schlimmer“, fuhr Daka fort.

Silvania nickte. „Er drohte uns Foltermethoden an, so etwas habt ihr noch nie gehört!“

„Wir erzählen es am besten gar nicht erst, sonst könnt ihr nicht mehr schlafen“, sagte Daka.

„Stellt euch einfach die grausamsten, ekligsten, brutalsten Qualen vor und nehmt das dann mal drei.“ Silvania sah alle ernst an.

Helene schluckte. Sie strich sich über die Arme,

auf denen sich unter dem Neoprenanzug Gänsehaut ausgebreitet hatte.

„Und dann?“, fragte Ludo.

„Dann ... na ja ... dann“, begann Daka und sah Hilfe suchend zu ihrer Schwester.

„Dann sind wir weggerannt. Ganz einfach“, sagte Silvania.

„Und dann kamt ihr ja schon – unsere Retter im Taucheranzug“, fuhr Daka fort.

„Ohne euch würden wir jetzt sicher immer noch über den Friedhof rasen mit dem Geist im Nacken“, sagte Silvania.

Mihai breitete die Arme aus. Er fasste Daka links und Silvania rechts. „Meine Töchter!“, rief er. Er schluchzte. „Lasst uns ‚Transsilvania rodna inima moi‘ singen!“

„Doch nicht jetzt, Papa“, sagte Silvania.

„Gesungen wird später“, beschloss Vlad. „Erst müssen wir zurück nach Bindburg und die Germania Dracona verkochen.“

„Und die Taucheranzüge zurückbringen“, erinnerte ihn Ludo.

Wenige Minuten später hoben zwei Vampire, zwei Halbvampire, zwei Menschen und zwei Klobrillen in die Luft ab. Der östliche Horizont verfärbte sich bereits hellblau und rosa-weiß. Die Morgendämmerung setzte ein. Sie mussten sich beeilen, wollten sie rechtzeitig in Bindburg landen.

Camping

Es waren gefühlte minus zehn Grad. Mindestens. Dirk van Kombast schob sich den oberen Rand seines grasgrünen Schlafsacks über die Nase. Sie war eiskalt. Er blinzelte und sah in den Nachthimmel. Das tiefe Dunkelblau war einem Hellgrau gewichen. Endlich. Die Morgendämmerung! Die seltsame Flugbesatzung, die sich gestern Abend vom Dach des Reihenhauses Nummer 23 in die Lüfte erhoben hatte, musste bald zurückkehren.

Dirk van Kombast richtete sich von der Campingliege auf. Er stemmte eine Hand in den Rücken. Sein Kreuz schmerzte. Bis Mitternacht hatte er sich in seinem Wasserbett gewälzt. Er hatte sich auf die rechte Seite gelegt, auf den Bauch, auf die linke Seite und auf den Rücken. Er hatte es mit Sonne-Mond-Atmung versucht. Und mit Schäfchenzählen. Nichts hatte geholfen. Er konnte nicht schlafen. Ständig lief er zum Fenster und sah in den Nachthimmel. Dirk van Kombast hatte Angst, die Ankunft der blutrünstigen Crew zu verpassen.

Gegen halb eins war er schließlich aufgestanden, in seine Hausschuhe geschlüpft und hatte die Campingliege und den Schlafsack aus dem Keller geholt. Mit einer heißen Tasse Wohlfühltee und seiner Skimütze mit Ohrschutz hatte er sich auf die Terrasse begeben. Nichts sollte ihm entgehen.

Jetzt spähte er durch einen der drei Säulenwacholder, die er als Sichtschutz in großen Kübeln auf die Terrasse gestellt hatte. Er kniff die Augen zusammen und riss sie kurz darauf wieder auf. War dort am Himmel über dem Wäldchen nicht ein dunkler Fleck?

Dirk van Kombast griff, ohne den Himmel aus den Augen zu lassen, hinter sich nach einem Fernglas. Er legte es an und sah hindurch. Der Himmel war mit dunklen Flecken übersät. Wie Dirk van Kombasts Lieblingskaffee mit Schokopuder. Dirk van Kombast runzelte die Stirn. Er setzte das Fernglas ab und putzte es mit dem Ärmel seines flauschigen cremefarbenen Bademantels. Er sah erneut hindurch. Die Flecken waren verschwunden. Dafür huschte ein schwarzer Punkt vorbei. Schnell stellte Dirk van Kombast das Fernglas scharf. Der schwarze Punkt war ein Vogel. Welcher, wusste Dirk van Kombast nicht genau. Ein Pinguin und ein Flamingo waren es nicht. Da war er sich sicher.

Dirk van Kombast verfolgte den Vogel mit dem Fernglas. Plötzlich schob sich ein entsetzliches Gesicht vor die Linse. Beinahe ließ Dirk van Kombast das Fernglas fallen. Es wackelte bedrohlich. Doch er umklammerte es mit feuchten Händen und hielt dem schauerlichen Anblick stand. Das grobe, kantige Gesicht war von einer enormen Lockenmähne umrahmt, die wie ein Helm aussah. Die Wangen waren leicht eingefallen, die Stirn hoch. Die Augen standen dicht beieinander und lagen tief in den Augenhöhlen. Ein Auge war grün, das andere orange.

Vor dem grünen Auge klemmte ein Monokel. Der Mund war groß und halb geöffnet. Zwei gigantische, spitze Eckzähne ragten heraus. Zwischen den Vorderzähnen klemmte eine Fliege. Sie zappelte. Auf einmal schoss eine spitze dunkelrote Zunge aus dem Mund und fuhr über die Vorderzähne. Die Fliege war weg.

In Dirk van Kombasts Hals krabbelte es. Er musste würgen. Er setzte das Fernglas ab und nahm schnell einen Schluck Wohlfühltee, der zum Eistee abgekühlt war. Dann sah er sofort wieder in den Himmel. Jetzt konnte er das schaurige Flugobjekt auch ohne Fernglas deutlich erkennen. Es gab keinen Zweifel. Das war einer der seltsamen Besucher der Nachbarn. Neben ihm flog Mihai Tepes. Zwischen ihnen saß ein Mädchen auf einer Klobrille. Kurz dahinter flogen die Nachbarstöchter. Sie hatten einen Jungen als Fluggast zwischen sich. Er sah sehr blass aus.

Dirk van Kombast legte das Fernglas zur Seite und rieb sich die Hände. Er verharrte auf der Campingliege, bis die bizarre Flugmannschaft gelandet war. Leider nicht auf der Terrasse, sondern auf dem Dach des Reihenhauses Nummer 23.

Er stellte sich hinter einen Säulenwacholder. Sie hatten ungefähr die gleiche Figur. Dirk van Kombast grub mit den Händen ein Guckloch durch das Grün. Wie durch ein Bullauge spähte er hinauf aufs Dach der Nachbarn. Er sah, dass Dakaria Tepes eine durchsichtige Box aus der Kängurutasche ihres Sweatshirts zog. In der Box lag eine dunkelgrüne

Pflanze mit spitzen schwarz-roten Blättern. Dakaria winkte mit der Box Elvira Tepes zu, die ihren Kopf durch die Dachluke steckte.

„Die Germania Dracona“, flüsterte Dirk van Kombast. Die Mädchen hatten es also tatsächlich geschafft.

Dakaria Tepes verschwand nach ein paar Minuten samt Box und Germania Dracona in der Dachluke. Vor Dakaria ging Mihai Tepes. Hinter Dakaria ging Vlad Tepes. Das Nachbarsmädchen war wie von Bodyguards umgeben.

Dirk van Kombast schlug sich mit der Faust in die flache Hand. Er fluchte leise. Er kam nicht an die Germania Dracona heran. Nicht jetzt. Doch das würde sich ändern. Die Tepes wussten nichts von Dirk van Kombasts Plan. Sie würden unvorsichtig sein. Sie würden einen Fehler begehen. Die Gelegenheit würde kommen. So sicher wie der nächste Morgen. Dann würde Dirk van Kombast seinen Plan umsetzen: Er würde die Germania Dracona zerstören. Und somit alle Vampire auslöschen. Für immer.

Ausgekocht

Meinst du, es ist fertig?“, fragte Daka. Sie hing den Kopf über den großen Kochtopf und roch. Im Topf schwammen die Überreste der Germania Dracona. Die einst gewaltigen Wurzeln sahen aus wie labberige Algen. Der Pflanzensaft war gelblich-grün. Er roch nicht gut. Aber immerhin besser als die Pflanze selbst.

Silvania betrachtete den Inhalt des Kochtopfs kritisch. „Sieht ziemlich zerkocht aus“, urteilte sie schließlich. „Füllen wir den Pflanzentrunk um.“ Sie holte eine große Karaffe und stellte sie auf den Küchentisch.

Daka und Silvania zogen sich jeweils einen Topfhandschuh an. Vorsichtig gossen sie den heißen Pflanzensaft in die Karaffe. Dampf stieg auf. Die Karaffe beschlug.

Silvania drehte den Kopf zur Seite.

Daka kräuselte die Nase.

Der Pflanzentrunk war nichts für Feinschmecker. Zum Glück mussten die Vampire nur damit gurgeln.

Daka und Silvania hatten sich nach drei Stunden Schlaf sofort an die Arbeit gemacht. Als Halbvampire waren sie die Einzigen, die die Germania Dracona zerkochen konnten. Unter Einhaltung höchster Sicherheitsvorschriften.

Helene und Ludo waren nach Hause gegangen. Helene wäre lieber geflogen. Ludo nicht.

Vlad und Mihai schliefen noch im Keller. Wenn sie bei Woiwos Geschnarche und den Aufstoßern von Tante Karpa schlafen konnten.

„Und jetzt?“, fragte Silvania. Sie stand vor der Karaffe. Der Pflanzentrunk dampfte.

„Abkühlen“, meinte Daka.

„Im Kühlschrank?“, fragte Silvania.

Daka und Silvania musterten die Karaffe. Sie sahen zum Kühlschrank. Sie sahen wieder zur Karaffe. Dann schüttelten sie den Kopf.

„Die passt da nicht rein“, stellte Daka fest. „Stellen wir sie auf die Terrasse.“

Silvania überlegte einen Moment. „Meinst du, der Trunk ist da sicher?“

„Klar. So wie der stinkt, klaut den keiner. Tiere gehen garantiert auch nicht ran“, sagte Daka. Sie fasste mit dem Topfhandschuh an die linke Seite der Karaffe. Silvania fasste an die rechte Seite. Dann trugen die Zwillinge die Karaffe durch das Wohnzimmer auf die Terrasse.

„Hier“, sagte Daka und deutete auf eine Steinplatte am Rand.

Sie stellten die Karaffe dort neben einem Plastikliegestuhl ab.

Daka setzte sich auf den Stuhl. Sie wischte sich ein paar Schweißtropfen von der Nase. „Puh. Das möchte ich nicht jede Nacht machen.“

„Was denn? Ins Niemandsland fliegen, auf den Friedhof des Grauens gehen, die Germania Dracona aus dem Boden ziehen, einem Geist begegnen oder Pflanzensaft kochen?“

„Alles. Obwohl, der Flug war gar nicht so schlecht“, meinte Daka.

Silvania schnaufte. Ihr taten jetzt noch die Arme und der Hals weh. Und das ausgerechnet heute – am Tag ihres ersten richtigen Dates. Beziehungsweise ihrer Nachhilfestunde.

„Hörst du das?“ Daka stand auf und spähte zum Nachbarhaus hinüber. „Eben hat es geknäckert und gefiept.“

„Wahrscheinlich hat Herr van Kombast nur das Radio an“, meinte Silvania.

„Der ist aber früh auf“, wunderte sich Daka. „Hätte nicht gedacht, dass der Frühaufsteher ist.“

Silvania zuckte mit den Schultern. „Schönheitsschlaf braucht er auf jeden Fall nicht mehr.“

Daka verdrehte die Augen. „Was du nur an dem findest. Der sieht doch aus, als hätte ihn ein Pudel abgeleckt. Und außerdem stinkt er nach Knoblauch.“ Daka verzog das Gesicht.

Silvania seufzte. Sie hatte es aufgeben, mit ihrer Schwester über Männer zu reden. Plötzlich fuhr Silvania hoch. Sie sah auf die Uhr und riss die Augen auf. „So spät schon! Ich muss mich fertig machen.“

„Fertig? Wofür?“

„Für die Nachhilfe!“

„Aber die ist doch erst am Nachmittag. Das sind noch über acht Stunden“, sagte Daka.

„Acht Stunden nur!“ Silvania fuhr sich mit beiden Händen durch die Haare. „Ich muss duschen!“

„Stinkst du?"
„Ich muss mir die Haare waschen!"
„Juckt es?"
„Ich muss mir die Zehennägel lackieren!"
„Wozu das denn?"
„Und die Fingernägel. Ich muss die Eckzähne abfeilen." Silvania eilte ins Wohnzimmer.
„Dentiküre. Immer gut", sagte Daka.
„Ich brauche eine Gesichtsmaske!" Silvania stürmte die Treppe nach oben.
„Zum Dahinterverstecken?"
„Und natürlich muss ich mich schminken."
„Wenn du meinst." Daka folgte ihrer Schwester in ihr gemeinsames Zimmer.
Silvania stand vor dem Kleiderschrank. „Was mach ich nur mit den Klamotten?"
„Anziehen."
Silvania sah sich im Zimmer um. „Und wie es hier aussieht!"
„Wie denn?"
„Wir müssen komplett umdekorieren."
„Wir?"
„Duftlampen wären eine Idee."
Daka verzog das Gesicht.
„Und wie ich aussehe!" Silvania hielt sich einen kleinen Spiegel vors Gesicht. Ihr Abbild war verschwommen. Das lag nicht am Spiegel, sondern an Silvania. Schließlich war sie ein Halbvampir.
„Du siehst doch aus wie immer", fand Daka.
Silvania ließ den Spiegel sinken und sah ihre Schwester verzweifelt an. „Datiboi auch."

„Keine Ursache.“ Daka ließ sich gut gelaunt auf ihr Bett fallen. Der Schiffsschaukelsarg wackelte. Daka wackelte mit den Beinen.

Silvania lief wie auf heißen Kohlen im Zimmer auf und ab. „Ich rufe Helene an. Sie hat bestimmt gute Tipps.“

„Kriegt sie auch Nachhilfe?“, fragte Daka.

„NEIN!“, rief Silvania.

„Ruhig Blut, Schwester“, sagte Daka. „Immerhin kann ich dir helfen, Jacob ins Haus zu schmuggeln.“

„Schmuggeln?“

„Meinst du denn, nach der Aktion mit Ludo gestern lässt Mama noch einen Menschen einfach zu uns ins Zimmer? Sie ist doch schon geschockt, dass Helene und Ludo über uns Bescheid wissen.“

„Fumpfs. Daran habe ich gar nicht gedacht.“

„Mach dir keine Sorgen“, sagte Daka. „Bereite du dich ordentlich auf die Nachhilfe vor. Ich kümmere mich um den Rest.“

Silvania lächelte. „Datiboi, kleine Schwester.“ Dann fiel ihr Blick wieder auf den Kleiderschrank. Ihr Lächeln verformte sich zu einer Grimasse. Was sollte sie nur anziehen? Sollte sie sich die Haare hochstecken? Sollte sie leise Musik im Hintergrund spielen lassen? Sollte sie einen verführerischen Gesichtsausdruck auflegen oder einen unschuldigen?

Das waren Dinge, die über alles entscheiden konnten. Fragen, die schnellstens geklärt werden mussten. Helene. Silvania griff zum Telefonhörer.

Gefährlicher Selbstversuch

Die himmelblauen Puschelhausschuhe machten kaum ein Geräusch auf dem Terrassenboden. Dirk van Kombast schob den Kopf zwischen zwei Säulenwacholdern durch und spähte zur Nachbarterrasse. Er hatte vorhin mit dem Vampire-Best-Buy-Bug richtig gehört. Am Rand, neben einem Plastikliegestuhl, stand sie: die Karaffe mit dem Pflanzentrunk der Germania Dracona. Der Trunk, der für die Vampire Leben bedeutete. Und wenn sie ihn nicht bekamen, den Tod.

Vorsichtig kletterte Dirk van Kombast über den kleinen Zaun, der die beiden Grundstücke voneinander trennte. In der Hocke lief er schnell und leise zur Nachbarterrasse. So, wie er es auf dem Vampirologenkongress in einem Lehrfilm über das Anschleichen an verdächtige Subjekte gesehen hatte. Einen Moment hielt er inne. Er lauschte. Von der oberen Etage war ein Rauschen zu hören. Jemand duschte. Aus dem Keller kamen Schnarchgeräusche. Dirk van Kombast wagte einen kurzen Blick ins Wohnzimmer. Es war menschenleer. Und vampirleer.

Er griff die Karaffe fest mit beiden Händen. Vorsorglich hatte er seine hellgrauen Lederhandschuhe angezogen. Die Karaffe war warm, aber nicht mehr heiß. Mit der Karaffe in den Händen lief Dirk van Kombast genauso schnell und leise zurück zu seiner

Terrasse, wie er gekommen war. Nur ein freudiges Glucksen konnte er nicht unterdrücken.

Er verschwand durch die Terrassentür ins Wohnzimmer. Dort stellte er die Karaffe auf den kleinen runden Glastisch mit den goldenen Beinen. Er schloss die Terrassentür, stellte sich vor die Karaffe, zog die Lederhandschuhe aus und atmete tief durch. Dann setzte er sich auf die brombeerfarbene Ledercouch. Er verschränkte die Hände. Wie ein Forscher betrachtete er die Karaffe mit dem Pflanzentrunk. Von vorne. Von der Seite. Von oben. Sogar von unten. Vorsichtig beugte sich Dirk van Kombast über die Karaffe und roch. Seine Nasenflügel zitterten. Er verzog das Gesicht. Der Pflanzensaft roch wie eine Mischung aus Ziegenmilch, Sekundenkleber und Kuhfladen.

Unentschlossen starrte Dirk van Kombast die gelblich-grüne Flüssigkeit an. Sollte er einen Selbstversuch wagen? Was sollte schon passieren? Die Germania Dracona war zerkocht. Vielleicht wuchsen seine Eckzähne. Das sähe nicht gut aus. Aber für die Wissenschaft musste man Opfer bringen. Und für seine Mutter. Außerdem hatte er einen guten Zahnarzt.

Dirk van Kombast stand abrupt auf, ging in die Küche und kam mit einer Suppenkelle zurück. Er zögerte. Aber nur einen Moment. Dann tauchte er die Kelle in die Karaffe. „Zum Wohl, Mutti!“, sagte er. Er führte die mit dem Pflanzensaft gefüllte Kelle zum Mund und nahm einen kräftigen Schluck.

Gulp.

Pleased to meet you

Silvania saß mit einem Buch auf den Treppenstufen vor dem Haus. Sie hielt sich das Buch vor die Nase. Mit den Augen schielte sie über den Buchrand auf den Lindenweg. Sie sah einen gescheckten Hund, der an einen Gartenzaun pinkelte, einen Mann im Unterhemd, der sein Auto wusch, einen kleinen Jungen, der im Vorgarten Regenwürmer aus dem Erdboden zog, aber keinen Nachhilfelehrer im Anmarsch.

Silvania wurde abwechselnd heiß und kalt. Jacob konnte jeden Moment auf den Lindenweg biegen. Damit es nicht so aussah, als würde sie auf ihn warten, hatte sich Silvania das Buch mitgenommen. Das Ganze war Dakas Idee gewesen: Sie würde die Eltern im Haus ablenken und Silvania würde Jacob an der Tür abfangen. Dann würde sie ihn in ihr Zimmer schmuggeln und dann …

Silvania zuckte zusammen. Am vorderen Ende des Lindenwegs war ein rotblonder Strubbelkopf aufgetaucht. Vorsichtig reckte sich Silvania etwas. Er war es! Schnell steckte Silvania die Nase wieder ins Buch. Im Buch hatte sie einen kleinen, runden Spiegel. Sie überprüfte ihr Make-up. Soweit sie es erkennen konnte, sah es gut aus. Auf Helenes Rat hatte sie die Augenwinkel mit schwarzem Kajalstift umrandet, cremigen olivfarbenen Lidschatten und

Glitter-Puder auf Stirn, Nasenspitze und Kinn aufgetragen. Silvanias Mama war so nett gewesen, ihr für die Wimpern ihre Volumen-Mascara auszuborgen. Sie wusste nur nichts davon.

„Hi."

Silvania klappte das Buch mit einem Schlag zusammen. Sie starrte Jacob einen Moment mit offenem Mund an. Seine winterhimmelgrauen Augen kamen ihr heute noch strahlender vor. Schnell schloss sie den Mund und lächelte. „Hallo! Da bist du ja schon. Ich habe gar nicht gemerkt, wie die Zeit vergeht. Da sitze ich hier und lese ... ein sehr gutes Buch übrigens ... und sehe gar nicht auf die Uhr und auf einmal bist du da, wie aus dem Nichts sozusagen und ..."

„Dann können wir ja anfangen", sagte Jacob.

„Womit?"

„Mit der Nachhilfe."

„Ach so, ja, klar. Äh ... warte mal kurz." Silvania stand auf, streckte den Kopf zur Tür in die Wohnung und lauschte. Daka leistete gute Arbeit. Keine Eltern in Sicht. „Komm!" Silvania zog Jacob am Ärmel ins Haus.

Sie lief die Treppe hinauf und verschwand im Zimmer. Jacob folgte ihr. Er sah sich im Zimmer um. Sein Blick fiel auf Dakas Schiffsschaukelsarg. Eine seiner Augenbrauen wanderte nach oben. Sein Blick fiel auf die Metallkette, die zum Abhängen durch den Raum gespannt war. Die zweite Augenbraue wanderte nach oben. Er sah zu Dakas Aquarium und entdeckte Karlheinz. Er runzelte die Stirn.

„Das ist Karlheinz", erklärte Silvania.

„Aha."

„Er beißt nur, wenn er Hunger hat."

„Das ist gut." Jacob deutete auf den Kerzenständer, an dem sechs dicke lilafarbene Kerzen brannten. „Habt ihr Stromausfall?"

„Nö. Ähm ... wir nehmen es mit dem Energiesparen und Umweltschützen sehr ernst", sagte Silvania. Sie stöpselte ihren MP3-Spieler an die Computerlautsprecher und drückte auf Play. Leise, langsame Musik erklang. Sie drehte sich um, verschränkte die Hände hinter dem Rücken, schwang leicht zur Musik und lächelte Jacob an.

Jacob sah sich noch immer im Zimmer um. Er rümpfte die Nase. „Hier riecht es nach ..."

„Rose, Veilchen, Lavendel und Nelke", zählte Silvania auf und zeigte auf ein Duftschälchen. „Ist gut für die Konzentration. Toll, was?"

Jacob reagierte nicht. Er war damit beschäftigt, Silvanias Outfit zu begutachten. Da hatte er einiges zu tun.

Sie trug ein ärmelloses, knielanges, schwarz-weiß kariertes Kleid. Auf der schwarzen Strumpfhose waren ebenfalls Karos. Die Haare hatte sie hochgesteckt und ein kleines britisches Fähnchen zur Dekoration hineingesteckt. Schließlich ging es um Englisch-Nachhilfe. Zur Feier des Tages hatte sie ihre besten Handschuhe angezogen. Sie waren glänzend schwarz, hauteng und reichten bis zum Ellbogen. An der linken Hand glitzerte ein großer weißer Diamantenring. Natürlich kein echter.

Als Silvania Jacobs Blick bemerkte, kamen ihr Zweifel. Hätte sie doch das lange rote Kleid mit dem Puschelkragen anziehen sollen? Wahrscheinlich sah sie in dem karierten Kleid aus wie ein Schachbrett. Immerhin war sie nicht so flach.

„Okay. Fangen wir an“, sagte Jacob und klatschte in die Hände. Er setzte sich auf einen Schreibtischstuhl und nahm das Englischbuch, das auf dem Tisch lag.

Silvania holte einen zweiten Stuhl und rückte so nah es ging an Jacob heran. Es war wichtig, dass man seinen Nachhilfelehrer gut hören konnte. Silvania beugte sich über das Englischbuch. Sie schielte zu ihrem Nachhilfelehrer. Sie war nur noch Zentimeter von ihrer Rolltreppenbekanntschaft entfernt. Im Kerzenlicht schimmerte seine Haut wie Vanillezuckerglasur. Auf der linken Wange entdeckte Silvania einen kleinen Leberfleck. Sie unterdrückte ein Seufzen.

„Das brauchen wir erst mal nicht“, sagte Jacob und schlug das Englischbuch zu.

Silvania zuckte zusammen.

„Fangen wir mit einem einfachen Gespräch an. Bist du bereit?“, fragte Jacob.

„Yes!“, antwortete Silvania.

„Wir tun so, als ob wir uns zum ersten Mal treffen.“

„Alles klar.“

„Hello. My name is Jacob. Pleased to meet you.”

Silvania nickte Jacob zu. „My name is Silvania. But you kannst mich nicht mieten.”

Jacob fuhr sich durch die rotblonden Haare. „Nein. ‚Meet' heißt ‚kennenlernen', nicht mieten."

„Ach."

„Und man antwortet dann ‚pleased to meet you too'."

„Warum nicht ‚pleased to meet you one' oder ‚you three'?", fragte Silvania.

Jacob runzelte die Stirn. Dann stöhnte er. „Nein! Doch nicht ‚two', sondern ‚too'!"

„Wie bitte?"

„T-W-O heißt ‚zwei'. Aber T-O-O heißt ‚auch'", erklärte er.

Silvania schüttelte verwirrt den Kopf. Das englische Fähnchen wackelte. „Ist das nicht irre, dass ‚zwei' auch ‚auch' heißt? Ich glaube, ich werde nie Englisch lernen."

„Doch. Klar wirst du das", sagte Jacob. „Es dauert nur eben ... etwas länger."

„Du meinst, ich brauche viele Nachhilfestunden?"

„Ich fürchte ja."

Silvania machte ein betroffenes Gesicht. Doch innerlich strahlte sie. Das war genau, was sie wollte: ganz viele lange Nachhilfestunden mit Jacob. Vielleicht konnte er ihr als gute Kundin einen Sonderpreis machen.

Plötzlich flog die Zimmertür auf. Drei der sechs Kerzen gingen durch den Luftzug aus. Ein kleiner, dicker Junge im Superman-Kostüm stürmte herein. Aus seinem Mund hing ein Faden. Der Faden bewegte sich. Es war ein Mäuseschwanz.

Silvania sprang auf. „Woiwo! Mach die Fledermaus, aber rapedadi!“

Jacob starrte Woiwo an. Sein Unterkiefer klappte langsam nach unten.

„Öch woll nur“ – *schluck* – „mal ganz korz“ – *schluck* – „öns Önternöt.“ *Schluck*. Die Maus war weg. Der Schwanz auch.

„RAUS!“, schrie Silvania.

Jacob sprang auf. „Ich geh schon.“

„NEIN! Du doch nicht!“

Jacob war bereits bei der Tür. Silvania eilte ihm nach. „Warte! Please wait!“

„Ich halte ihn auf!“, rief Daka, die gerade aus dem Bad kam. Sie flopste sich schnell ans untere Treppenende und stellte sich breitbeinig vor der Wohnungstür auf.

Jacob wurde blass. Er riss die Augen auf. Er sah zu Daka, dann zurück zum oberen Treppenende, wo Daka eben noch gestanden hatte. Silvania stürmte die Treppe hinunter, direkt auf Jacob zu. Jacob sprang die letzten Stufen mit einem Satz nach unten. Da Daka den Ausgang versperrte, rannte er nach rechts ins Wohnzimmer. Er öffnete die Tür und blieb abrupt stehen, als hätte er mit dem Holzhammer einen Schlag auf den Kopf bekommen.

Mitten im Zimmer an der Decke hing ein Kronleuchter. Am Kronleuchter hing kopfüber Vlad Tepes und machte ein Nickerchen. Er schnarchte. Neben dem Kronleuchter flog Tante Karpa. Sie hatte den linken Arm nach oben gestreckt, den rechten nach unten. Die Beine streckte sie in einer Schere von sich. Tante Karpa machte Flugpilates. Dreimal die Woche.

Elvira Tepes kam mit einer Klobrille unter dem Arm ins Wohnzimmer. „Hat jemand meine …“ Sie blieb abrupt stehen und sah Jacob von oben bis unten an, als wäre ein Außerirdischer auf ihrem Wohnzimmerteppich gelandet.

Jacob starrte auf die Klobrille, er sah zu Daka, Silvania und Woiwo, die ihm gefolgt waren. Er sah nochmals ungläubig zum Kronleuchter und zur Flugpilatin. „Ich muss hier raus. Sofort“, flüsterte er.

In dem Moment riss Mihai Tepes die Terrassentür von außen auf. Mit wehenden Haaren trat er ins Wohnzimmer. Seine Augen waren weit aufgerissen und schimmerten vor Entsetzen. „NIEMAND VERLÄSST DAS HAUS!“, rief er. „NIEMAND kommt hier raus, solange wir den Dieb nicht gefunden haben.“

Frau Tepes rutschte die Klobrille aus der Hand. „Dieb?“

„Jemand hat den Pflanzentrunk der Germania Dracona gestohlen.“

Der gemeine Dieb

Nicimo!“, sagte Mihai Tepes und ließ sich mit einem tiefen Seufzer auf die Wohnzimmercouch fallen. „Wir haben überall gesucht. Der Saft ist weg.“

Daka nickte. „Ich habe sogar das Klowasser getestet.“

Elvira Tepes verzog das Gesicht.

Tante Karpa schüttelte sich. Dabei entwich ihr ein kleiner Rülpser. „Verzeihung.“ Sie hielt sich die Hand vor den Mund.

Silvania sah abwechselnd zu Boden und zu Jacob. Er stand noch immer im Wohnzimmer und wagte es nicht, sich zu bewegen. Dafür sorgte Onkel Vlad. Er hatte Jacob bewacht, während die anderen das ganze Haus nach dem Pflanzensaft durchsucht hatten.

„Dann gibt es nur eine Möglichkeit“, sagte Vlad Tepes und baute sich vor Jacob auf. Er war fünf Zentimeter größer. Mit Haaren fünfzehn.

Jacob zog die Augenbrauen zusammen und sah fragend zu Silvania.

Silvania presste die Lippen aufeinander. Sie überlegte verzweifelt, wie sie die Situation retten konnte.

„DU hast den Trunk gestohlen!“, sagte Vlad und tippte Jacob mit dem Zeigefinger auf die Brust.

Jacob sah in Vlads orange-grüne Augen und schüttelte schnell den Kopf.

Elvira Tepes stellte sich neben ihren Schwager und musterte Jacob. „Wer bist du eigentlich? Wie kommst du in unsere Wohnung?"

„Ich ... ähm ... ich bin Jacob."

„Und?" Frau Tepes hatte die Arme verschränkt.

„Die da", Jacob zeigte auf Silvania, „hat mich reingelassen."

„Alles Lüge!", rief Vlad.

„Warum sollte Silvania einen wildfremden Jungen ins Haus lassen?", fragte Tante Karpa.

„Weil sie Nachhilfe in Englisch braucht", sagte Jacob.

Einen Moment war es still im Wohnzimmer. Dann prustete Mihai Tepes los.

Elvira Tepes machte: „Pfff! Silvania? Nachhilfe? In Englisch?"

„Das ist nicht nur gelogen, mein Freund, das ist verdammt schlecht gelogen", rief Mihai Tepes. „Unsere Tochter braucht Nachhilfe in Englisch genauso wenig wie mein Bruder Vlad Lockenwickler."

„Aber ...", begann Jacob.

Bevor er weiterreden konnte, trat Vlad an ihn heran und griff nach seinem rechten Fuß. „So, jetzt werden wir dich mal kopfüber ausschütteln. Mal sehen, ob da nicht der eine oder andere Tropfen Pflanzensaft herauskommt!"

Als Jacob das hörte, reagierte er blitzschnell. Er duckte sich, drehte sich nach rechts weg und huschte unter Vlads Armen hindurch zur Tür.

„Haltet ihn!“, rief Vlad.

„Nein!“, schrie Silvania. „Jacob hat den Saft nicht. Er ist wirklich mein Nachhilfelehrer.“

„War ich!“, rief Jacob, riss die Wohnzimmertür auf und stürmte auf den Flur. Eine Sekunde später fiel die Haustür ins Schloss.

Silvania schlug die Hände vors Gesicht.

Elvira und Mihai Tepes musterten ihre Tochter. Herr Tepes räusperte sich. „Du nimmst Nachhilfe?“

„In Englisch?“, fragte Frau Tepes.

Silvania nahm die Hände vom Gesicht. „Ich … na ja … also …“

„Ihr wisst doch: Den Faulen beißt die Fledermaus“, sagte Daka. „Silvania nimmt nicht Nachhilfe, sondern Vorhilfe.“

Onkel Vlad nickte ernst. „Lenoi mutza flatliac! Nimm dir ein Beispiel an deiner Cousine, Woiwo!“

Woiwo saß auf der Schrankwand und zerfetzte eine Zeitung. Wie Schneeflocken rieselten die Schnipsel auf den Teppichboden.

„Warum hast du uns das denn nicht erzählt?“, fragte Elvira Tepes. Sie musterte ihre Tochter. Sie hatte seltsame dicke schwarze Ränder um die Augen. Auf der Nase und dem Kinn glitzerte etwas.

„Das … äh … hat sich ziemlich spontan ergeben“, begann Silvania.

„Silvania wollte euch mit ihrem perfekten Englisch überraschen“, fuhr Daka fort.

Elvira und Mihai sahen ihre Töchter abwechselnd an. Sie runzelten die Stirn. Sie sahen sich fragend an. Sie zuckten die Schultern. Von ihren Töchtern waren sie einiges gewohnt. Aber freiwillig Nachhilfe – das war neu.

„Und jetzt?“, fragte Tante Karpa.

„Jetzt kommt Jacob bestimmt nie wieder zur Nachhilfe.“ Silvania schluchzte.

Daka hielt ihr ein Wischfix vor die Nase.

„Nein. Ich meine den Pflanzentrunk.“ Tante Karpa rückte ihren Haarturm mit dem Fliegennetz zurecht.

Vlad ließ sich neben seinen Bruder auf die Couch fallen. „Er ist weg. Einfach weg.“ Er nahm das Monokel von seinem grünen Auge. Dann rieb er sich beide Augen, bis die Ränder sich rötlich verfärbten.

„Er muss irgendwo sein!“ Mihai Tepes fuhr sich durch die schwarze Mähne.

„Vielleicht hat ein Tier ihn geklaut“, meinte Daka.

„Samt Karaffe?“, fragte Tante Karpa.

„Es war eben ein sehr geschicktes Tier“, sagte Daka.

Im Wohnzimmer breitete sich Schweigen aus.

Mihai Tepes stellte sich ein Wildschwein vor, das mit der Karaffe zwischen den Eckzähnen und der feuchten Schnauze in den Wald zottelte. Er schüttelte den Kopf.

Elvira Tepes nahm einen Schluck Kaffee aus ihrer Toilettentasse. Sie setzte sie ab und fuhr mit dem Finger nachdenklich die Risse nach, an denen sie die Tasse geklebt hatte.

Vlad klemmte sich das Monokel wieder vors Auge und dachte an seine Heimat. Er dachte an die Erkrankten. Er dachte an die Infludenta. Langsam fuhr er sich mit der Zunge über die Eckzähne. Noch waren sie da. Bei dem Gedanken, dass sie schrumpfen und wegschimmeln könnten, zitterte sein Augenlid und das Monokel wackelte. Nein. Er konnte nicht mit leeren Händen in die Heimat zurückkehren.

Tante Karpa stieß leise auf. „Verzeihung!“, flüsterte sie.

Silvania sah traurig zur Wohnzimmertür. Good bye, dachte sie.

Elvira Tepes richtete sich auf einmal auf und reckte den Kopf. „Hört ihr das auch?“

Die anderen sahen sie fragend an und lauschten.

„Da rauscht etwas“, stellte Mihai fest.

„Jemand stöhnt“, sagte Tante Karpa.

„Und macht ‚uh‘ und ‚ah‘“, sagte Silvania.

„Und dann macht es *flopp flopp flusch*.“ Woiwo spitzte die Ohren.

„Und *ritsch* und *ratsch*“, fügte sein Vater hinzu.

„Jetzt rauscht es wieder“, sagte Frau Tepes.

Daka ging langsam zum Fenster, das zum Nachbarhaus zeigte. „Das kommt von da drüben!“ Sie deutete auf das kleine Toilettenfenster am Nachbarhaus.

„Herr van Kombast? Was macht er denn?“, wunderte sich Herr Tepes.

„Er kackt!“, rief Woiwo.

„Beeindruckend! So ungezügelt und sprudelnd“, fand Tante Karpa.

„Muss eine gute Verdauung haben, euer Nachbar“, sagte Vlad Tepes.

„So sieht er gar nicht aus.“ Elvira Tepes sah nachdenklich zum Nachbarhaus.

„Gumox! Von wegen gute Verdauung“, rief Daka. „Wollen wir wetten, der Komposttyp hat unseren Pflanzensaft von der Terrasse geklaut und …“

„Ihn getrunken?“, fragte Silvania.

„Genau. Und jetzt hat er Dia… Dihö… Durchfall.“

„Wie kommst du darauf?“, fragte Tante Karpa.

„Herr van Kombast schnüffelt gerne auf fremden Terrassen herum“, erklärte Daka.

„Sogar in fremden Häusern, wenn die Terrassentür zufällig offen steht“, ergänzte Elvira Tepes.

„Da ist was dran“, meinte Mihai Tepes. Er erinnerte sich nur ungern daran, dass der Nachbar vor ein paar Wochen eine tote Ratte auf ihrer Terrasse gefunden und daraufhin im Haus herumgeschnüffelt hatte.

„Und überhaupt: Der Komposttyp ist einfach seltsam“, fand Daka.

„Ist er nicht!“, sagte Silvania.

Mit einem Ruck stand Vlad Tepes auf. „Es geht um die Rettung der Vampirheit. Wir können nichts unversucht lassen. Sollte euer Nachbar unseren Pflanzentrunk gestohlen haben, werden wir ihn uns wiederholen. Ich habe einen Plan. Woiwo!“, rief er, woraufhin sein Sohn von der Schrankwand flog. „Du hast eine Aufgabe. Sie ist nicht ganz ungefährlich.“

Pausbacke zu Besuch

Er holte die letzte fünflagige Klopapierrolle aus der Packung und stöhnte, als ein erneutes Zwicken durch seinen Magen zuckte. Es rumpelte und brodelte darin, als wäre sein Magen ein Vulkan. Ein Vulkan, der alle paar Minuten explodierte.

Dirk van Kombast kniff die Augen zusammen. Er umklammerte die Klopapierrolle mit beiden Händen. Er machte „uh". Er machte „ah". Er öffnete die Augen und schielte. Dann seufzte er und ließ die Schultern hängen.

Nie. Nie, nie, nie, niemals hätte er von diesem teuflischen Pflanzentrunk trinken sollen! Germania Dracona. Das klang schon nach Qualen, Folter und Elend. Aber nein, er musste ja den Helden spielen. Opfer für die Wissenschaft – schön und gut. Aber doch nicht so ein Durchfall!

Auf einmal klingelte es. Dirk van Kombast richtete sich auf und reckte den Kopf. Er lauschte. Es klingelte noch einmal. Wahrscheinlich war es nur der Postbote. Oder ein Vertreter. Oder die temperamentvolle Schwester Sonja von der Hautarztpraxis. Er zögerte einen Moment. Sein Magen grummelte. Es klingelte zum dritten Mal. Die Neugierde siegte.

Dirk van Kombast riss mehrere Blätter Klopapier ab, reinigte sich und drückte auf die Klospülung. Er wusste nicht, zum wievielten Mal an diesem Tag.

Schnell zog er die Hose hoch, wusch sich die Hände und überprüfte im Spiegel über dem Waschbecken sein Äußeres. Er sah blass aus. Die Solariumbräune war verschwunden. Seine Lippen hatten jeglichen Rotton verloren und hoben sich farblich kaum vom Gesicht ab. Auf der Stirn klebten ein paar wellige blonde Haare. Dirk van Kombast strich sie nach hinten und tupfte sich mit einem Stück Klopapier den Schweiß von der Stirn. Dann setzte er sein breites Nussknackerlächeln auf und nickte seinem Spiegelbild zu. Es sah gespenstisch aus.

Es klingelte zum vierten Mal. Dirk van Kombast eilte zur Wohnungstür. Plötzlich verspürte er einen Druck im Darm. Er blieb kurz stehen und verkrampfte sich. Dann ging er weiter. Ganz langsam. Die Knie leicht nach innen gewandt. Den Oberkörper leicht gebeugt. Er öffnete die Wohnungstür und sah …

Nichts.

Er sah nach links. Er sah nach rechts. Keiner da.

Auf einmal zog jemand an seiner Hose. „Hi!“

Dirk van Kombast sah nach unten. Ein etwa zehnjähriger Junge mit Pausbacken lächelte ihn an. Er trug ein Superman-Kostüm. Es spannte etwas über dem Bauch. Die braunen Locken standen wild von seinem Kopf ab.

„Ja, bitte?“, sagte Dirk van Kombast. Er hielt sich am Türrahmen fest, als abermals ein Zwicken durch seinen Magen schoss.

„Ich komme von da drüben“, sagte der Junge und zeigte auf das Reihenhaus Nummer 23. „Mein Fußball ist über den Zaun geflogen. Er liegt in deinem Garten. Ich hole ihn dann mal." Der Junge wollte an Dirk van Kombast vorbei ins Haus stürmen. In letzter Sekunde schien er sich an etwas zu erinnern. Er sah Dirk van Kombast mit großen Augen an und lächelte so breit es nur ging. „Darf ich?"

Dirk van Kombast musterte den Jungen. Er mochte Kinder nicht. Schon gar nicht, wenn sie ein Superman-Kostüm trugen. Und erst recht nicht, wenn sie Fußball spielten. Kinder waren laut, neugierig und unberechenbar. Sie stellten die falschen Fragen, wollten ständig spielen, essen oder im unpassendsten Moment aufs Klo. Kinder passten nicht in Dirk van Kombasts Welt. Zum Glück wollten da auch nicht viele hinein.

Dirk van Kombast war allerdings nicht entgangen, dass dieser Junge anders war. Seine Augen waren gelb. Es war kein helles Braun. Nein, sie waren richtig Quietscheentechen-gelb. Natürlich konnten es Kontaktlinsen sein. Dirk van Kombast selbst hatte an die zwanzig Stück, in azurblau, smaragdgrün, lagunentürkis, mokkabraun, karamellfarben und mintgrün – um nur seine Favoriten zu nennen.

Doch als der Junge ihn anlächelte, war Dirk van Kombast noch etwas aufgefallen: Einer der oberen Schneidezähne fehlte. Dafür waren die Eckzähne spitz und lang. Sehr spitz und sehr lang. Zu spitz und zu lang für einen Menschen.

Konnte es sein, dass ein kleiner Vampir an seiner Tür geklingelt hatte? Bei dem Gedanken rumorte es noch mehr in Dirk van Kombasts Magen. Vielleicht konnte er den Jungen festhalten und die feindliche Spezies aus nächster Nähe beobachten. Dirk van Kombast musste handeln. Sein derzeitiger Gesundheitszustand ließ langes Nachdenken im Stehen nicht zu. Er machte eine schnelle Handbewegung. „Hereinspaziert!“

Der Junge schoss an Dirk van Kombast vorbei und rannte durchs Wohnzimmer auf die Terrassentür zu.

„Warte!“, rief Dirk van Kombast. Er eilte dem Jungen nach. Mit gebeugtem Oberkörper und eingeknickten Knien kam er nicht ganz so schnell voran. Im Wohnzimmer musste er eine Pause einlegen. Er hielt sich am Bücherregal fest und kniff die Augen zusammen. Alles andere auch. Er atmete tief durch. Der Vulkan in seinem Inneren war kurz vorm Ausbruch.

„Hier raus?“, fragte der Junge und deutete zur Terrassentür.

Dirk van Kombast nickte. Langsam, Schritt für Schritt, näherte er sich der Terrassentür. Er öffnete sie und der Junge lief in den Garten. Dirk van Kombast lehnte sich an die Terrassentür. Seine Knie waren weich. Seine Hände feucht. Schweißperlen bildeten sich auf der Stirn.

Der Junge blieb vor einem Baum stehen und sah nach oben. „Hilfst du mir?“, rief er Dirk van Kombast zu und deutete auf die Baumkrone.

„Ich …“ Dirk van Kombast schnappte nach Luft. In seinem Magen grummelte es. „… komme …“ Er verspürte wieder einen Druck im Darm. Er kniff die

Hinterbacken zusammen. „... gleich“, rief er und krümmte sich. Er hielt es nicht mehr aus. In wenigen Sekunden würde es zu spät sein. Der Vulkan würde ausbrechen. Die heiße Lava ... na ja.

Dirk van Kombast drehte sich um und tippelte mit kleinen, schnellen Schritten, zusammengekniffenen Hinterbacken und gekrümmtem Rücken zur Toilette. Er schloss die Tür, riss sich die Hose herunter, setzte sich aufs Klo und ...

MAMMAMIA!

Rache ist verdauungsfördernd

Silvania und Daka klebten mit den Ohren an der Haustür. Sie hörten „uh" und „ah". Ab und zu auch ein „Puha!". Plötzlich ging die Haustür auf. Die Zwillinge taumelten vor Schreck. Vor ihnen stand Woiwo.

„Die Luft ist rein", flüsterte er. „Der Komposttyp ist auf dem Klo."

„Hört sich nach einer längeren Sitzung an", fand Daka.

Woiwo nickte ernst. „Ultimo lang."

„Trotzdem, beeilen wir uns", sagte Silvania.

Die Mädchen schlichen schnell ins Haus. Ihre Mission zur Rettung der Vampirheit war noch nicht beendet. Der Trunk musste her. Rapedadi. Daka suchte in der Küche. Silvania suchte den Flur ab. Sie suchten in Schränken, auf Schränken, neben Schränken, unter Schränken. Sie bückten sich, legten sich auf den Fußboden und flogen an die Decke. Wo auch immer Dirk van Kombast den Trunk versteckt hatte, sie würden ihn finden.

Woiwo hing sich kopfüber an die Wohnzimmerlampe. Er bohrte in der Nase und schaukelte hin und her. Die Lampe quietschte leise.

Silvania kam mit hängendem Kopf ins Wohnzimmer. „Nichts", sagte sie.

„In der Küche auch nicht", sagte Daka. „Nur

das hier." Sie stopfte sich eine Salamischeibe in den Mund.

Woiwo grinste.

„Was ist daran so witzig?", fragte Silvania.

Woiwo schob den Zeigefinger tief in die Nase. Silvania fürchtete, er würde am Auge wieder herauskommen. Woiwo drehte den Finger einmal nach rechts, einmal nach links. Er krümmte den Finger und zog ihn aus der Nase. Am Finger hing ein graugrüner, glibberiger, rosinengroßer Popel. Woiwo hielt sich den Popel vor die Augen, schielte und lächelte zufrieden.

Daka verzog das Gesicht und wandte sich ab.

Silvania starrte Woiwo fassungslos an. „Wir können einfach nicht blutsverwandt sein."

„Achtung!" Woiwo schnippte den Popel mit Daumen und Zeigefinger nach unten.

Die Zwillinge wichen blitzschnell zurück.

Der Popel landete – *flopp!* – auf einer Karaffe. Die Karaffe stand auf einem Glastisch mit goldenen Beinen mitten im Wohnzimmer. In der Karaffe war eine gelblich-grüne Flüssigkeit. Sie hatten überall gesucht – aber dass Dirk van Kombast den Trunk einfach auf dem Wohnzimmertisch stehen lassen würde, damit hatten sie nicht gerechnet.

„Der Trunk der Germania Dracona!", rief Daka.

„Pssst!", machte Silvania.

Daka presste die Lippen aufeinander. Hatte Dirk van Kombast sie gehört?

Vom Klo kam ein Stöhnen. Der Nachbar schien mit sich selbst beschäftigt zu sein.

Woiwo flog auf den Fußboden.
Silvania nahm die Karaffe. Sie holte ein Taschentuch hervor und wischte Woiwos Popel mit spitzen Fingern ab. Das Taschentuch drückte sie Woiwo in die Hand.
Daka stand in der Wohnzimmertür und sah auf den Flur. „Los, machen wir die Fledermaus, bevor Herr van Kombast seine Sitzung beendet."
„Wartet mal", sagte Woiwo. „Ich habe eine Idee."
Silvania zog die Augenbrauen nach oben. „Hat es etwas mit Popeln zu tun?"
„Nein", sagte Woiwo. „Mit Kacke."
„WAS?" Daka riss die Augen auf.
Silvania stöhnte.
„Es ist der ultimo eklige Racheplan von Woiwomän", sagte Woiwo. „Der Komposttyp muss bestraft werden, richtig? Wir tropfen ein bisschen vom Dracona-Saft in seine Milch, seine Limo oder was wir sonst so im Kühlschrank finden." Woiwo grinste, dass alle Zähne inklusive Zahnlücke zu sehen waren.
Daka runzelte die Stirn.
Silvania spitzte die Lippen.
Der Racheplan war wirklich extrem eklig. Aber auch extrem gut. Und extrem einfach. Doch hatte Dirk van Kombast das verdient?
Daka und Silvania sahen einander an. Langsam breitete sich ein Lächeln auf den Gesichtern der Zwillinge aus. Sie nickten sich zu.
Zu dritt schlichen sie in die Küche. Daka gab ei-

nen Tropfen in die Milch. Sie hielt kurz inne. Dann gab sie noch einen Tropfen dazu. „Immerhin hat der Komposttyp angefangen“, sagte sie.

„Stimmt. *Er* hat den Saft geklaut.“ Silvania tropfte etwas Dracona-Trunk auf einen Frischkäse.

Woiwo tropfte etwas Saft in eine Sprudelflasche. „Wenn schon Durchfall, dann ultimo!“

Plötzlich rauschte es auf der Toilette.

„Er hat ausgekackt“, stellte Woiwo fest.

„Los, nichts wie weg!“, sagte Daka.

Silvania nahm die Karaffe. „Onu, zoi, trosch!“, rief sie. Dann flopsten sich die drei zur Haustür. Eine Sekunde später ging die Toilettentür auf. Dirk van Kombast trat auf den Flur. Verstört und von der langen Sitzung erschöpft sah er nach links und rechts. Er meinte, er hätte Geräusche gehört. Stimmen.

Doch Daka, Silvania und Woiwo waren verschwunden.

Wenn Helden feiern

Onu, zoi, trosch!“, rief Daka und schlug die Drumsticks zusammen.

Silvania setzte mit dem Cello ein. Sie saß neben Daka im Wohnzimmer der Tepes auf einem Hocker. Die anderen hatten sich um die Zwillinge herum versammelt.

Mihai stimmte mit tiefer Stimme und voller Inbrunst sein Lieblingslied an: „Transsilvania rodna inima moi“. Das hieß so viel wie „Transsilvanien, Heimat meines Herzens“. Seit er weit entfernt von der Heimat seines Herzens lebte, sang er es besonders gerne. Und besonders laut.

Daka und Silvania mochten das Lied auch. Doch leider hatte es vierzehn Strophen. Ihr Vater kannte jede Strophe auswendig.

Helene und Ludo lauschten voller Andacht, während die gesamte Familie Tepes ihr Heimatlied sang. Es klang schön, fremd und sehnsuchtsvoll. Transsilvanien musste ein wundervolles Land sein.

Als der letzte Ton des Cellos und des Schlagzeugs verklungen waren, sang Mihai Tepes noch immer die letzte Note: „miaaaaaa …!“

Schließlich ging ihm die Luft aus.

Ludo und Helene klatschten.

„Und jetzt“, sagte Elvira, „wird gefeiert!“

Ludo und Helene klatschten abermals, Woiwo

pfiff durch die Zahnlücke, Daka schlug einen kurzen Trommelwirbel und Tante Karpa stieß einen Jauchzer aus. Und kurz darauf einen kleinen Rülpser.

Mihai Tepes schenkte Karpovka ein. Wenn es etwas zu feiern gab, schmeckte der Schnaps mit der Afterraupe auf dem Flaschenboden besonders gut. Für die Gäste, Daka, Silvania und Woiwo hatten Frau Tepes und Tante Karpa eine Banane-Erdbeer-Melone-Minze-Kokos-Birne-Bowle angerührt. Tante Karpa wollte ein paar Zitterspinnen hinzugeben. Zur Dekoration, sagte sie. Elvira Tepes überzeugte ihre Schwägerin, dass sich mit Erdbeeren und Minzblättern auch gut dekorieren ließ.

„Schnappobyx!“, rief Mihai und hob das Glas.

„Schnappo was?“, fragte Ludo.

„Das heißt Prost“, erklärte Daka.

„Alles klar.“ Ludo streckte Herrn Tepes sein Bowleglas entgegen.

Vlad Tepes tippte mit seinem langen Fingernagel gegen sein Schnapsglas. Das Glas klirrte leise. Niemand hörte es. Vlad nahm ein Messer und schlug an das Glas. KNACK! KLIRR! zerbrach es.

Alle sahen zu Vlad.

„Ich ... äh ... wollte nur etwas sagen.“ Vlad legte die Scherben seines Schnapsglases auf einem Beistelltisch ab. Er rückte sein Monokel zurecht und drückte das Kreuz durch. „Es ist an der Zeit, Dank zu sagen. Dank meinem Bruder und seiner liebenswerten Frau, dass sie uns ohne Zögern aufgenommen, Unterschlupf und ... ja, auch Nahrung gegeben haben.“ Vlad lächelte Elvira und Mihai an.

Elvira winkte ab. Für einen Moment vergaß sie, dass ihr Teppich voller transsilvanischer Heimaterde war, dass Pille und Palle durch das Haus hüpften und dass der Kronleuchter schief hing. Dafür gab es kaum noch Obstfliegen in der Wohnung.

Mihai nickte seinem Bruder zu. Immer und unter jeden Umständen würde er seinem Bruder und seiner Familie Unterschlupf gewähren. Sie waren blutsverwandt. Und transsilvanisches Blut war dicker als Wasser, Karpovka und Fliegenbrei. Allerdings dachte Mihai Tepes mit Sorge an die Blutkonserven im Keller. Sein Vorrat war fast aufgebraucht.

„Besonderer, ausdrücklicher, tiefer Dank aber gilt euch“, fuhr Vlad Tepes fort. Er zeigte mit dem Messer auf Daka, Silvania, Helene und Ludo.

Ludo starrte auf das Messer.

Helene wich einen Schritt zurück.

Die Zwillinge musterten ihren Onkel.

„Ihr habt heldenhaften Mut bewiesen. Ihr wart bereit, für die Rettung der Vampirheit euer eigenes Leben zu opfern.“ Vlad Tepes fuchtelte mit dem Messer. „Dass zwei normale Menschen …“ Vlad hielt inne und sah Helene und Ludo nachdenklich an, „… dass zwei halbwegs normale Menschen nachts gemeinsam mit Vampiren und Halbvampiren zum Friedhof des Grauens aufbrechen, dass sie sich in Gefahr begeben, um Vampiren zu helfen, das hat mein Bild von den Menschen geändert.“

Helene kniff sich in den Arm.

Ludo wusste nicht, wo er hinsehen sollte. Er entschied sich für sein Bowleglas.

„Natürlich bleiben Vampire Vampire und Menschen Menschen und manche Menschen Nahrung. Nicht, dass ihr da was falsch versteht“, fügte Vlad Tepes hinzu.

Helene nickte schnell.

Ludo nahm einen kräftigen Schluck Bowle.

„Und nun zu euch beiden.“ Vlad zeigte mit dem Messer auf seine Nichten. „Ohne euch wären Bistrien, Transsilvanien, die Vampire der ganzen Welt verloren. Ihr habt mit dem grausamen Geist von Osmund Mortus gekämpft und gewonnen. Ihr seid echte Heldinnen, mutig, klug, schnell und großmütig. Die Vampire der ganzen Welt sind euch zu ewigem Dank verpflichtet.“

Silvania bekam rote Kringel um die Augen.

Daka streckte die Brust heraus und strahlte.

Mihai Tepes wischte sich eine Träne aus dem Augenwinkel. Seine Töchter! Sie waren zwar Halbvampire, aber in ihnen steckte ein ganzer Vampir. Am liebsten würde er noch einmal ‚Transsilvania rodna inima moi‘ singen. Er konnte ja zumindest die CD mit den fünfzehn Versionen auflegen.

Da Elvira Tepes die CD nach den ersten beiden Versionen gegen eine Rock-CD austauschte, war die Party bald gut im Gange. Daka und Silvania tanzten mit Mihai und Vlad. Vlads Locken wippten im Takt. Mihais Mähne wehte bei jeder Drehung.

„Boi, boi, boi!“, rief Daka und stemmte die Faust in die Luft.

Silvania tanzte zurückhaltend. Links – tap. Rechts – tap. Manchmal hob sie einen Finger im

Takt. Hin und wieder lächelte sie Vlad, Mihai und Daka zu. Aber meistens sah sie zur Wohnzimmertür. Dort hatte sie Jacob zum letzten Mal gesehen. Zum letzten Mal in ihrem Leben. Silvania seufzte. Doch niemand hörte es bei der Musik.

Woiwo hatte eine neue Freundin gefunden. Diese wusste noch nichts von ihrem Glück. Doch sie ahnte es. Helene verfolgte Woiwo mit den Augen, der ununterbrochen um sie herumflog.

„Magst du Schlammburgen?"

„Nein."

„Und Wasserbomben?"

„Geht so."

„Kommst du mich mal besuchen?"

„Hm."

„Ich lade dich als Essen ein."

„WAS?"

„Fumpfs. *Zum* Essen, meine ich."

„Hm, ich weiß nicht ..."

Ludo saß mit seinem dritten Glas Bowle am Wohnzimmertisch. Tante Karpa baumelte vor ihm vom Kronleuchter. Ihr Haarturm mit dem Fliegennetz hing direkt vor Ludos Nase. Er hielt die Hand über sein Bowleglas, damit keine Fliege aus dem Netz ins Glas stürzte.

„Kannst du voraussehen, wann ich graue Haare bekomme?"

„Ähm ... nicht so bald."

„Und wie viel Kilo ich in diesem Jahr abnehme?"

Ludo verschluckte sich an der Bowle und musste husten. „Bestimmt, genau, mindestens, also auf jeden Fall ... zwei Kilo. Oder drei. Vielleicht aber auch nur eins."

Tante Karpa sah mit einem Seufzer auf ihren Bauch hinauf. Sie schien nicht zufrieden mit der Vorhersage. „Werde ich beim Flugpilates-Wettbewerb einen der vorderen Plätze belegen?"

Ludo nickte. „Zwischen eins und zwanzig."

Tante Karpa runzelte die Stirn. „Es nehmen doch nur 16 Flugpilatinnen teil."

Ludo nahm schnell sein Bowleglas und stand auf. „Ich hole mir mal Nachschlag."

Elvira überreichte Vlad eine Klobrille. Darauf hatte sie vier Vampire gemalt, die dem Mond entgegenflogen. „Das seid ihr auf eurer Reise nach Transsilvanien", erklärte Frau Tepes.

Vlad Tepes rückte das Monokel zurecht, nahm die Klobrille in die Hand und betrachtete sie. „Elvira! Das ist ein echtes Kunstwerk. Die ist viel zu schade zum Draufsetzen. Ich werde sie in Bistrien an die Wand hängen." Außerdem benutzten Vlad, Karpa und Woiwo Tepes ihre Toilette in Bistrien nur in Ausnahmefällen. Meistens flogen sie lieber wie alle Vampire in den Wald. In der Natur verrichtete sich das Geschäft doch am schönsten.

Mihai schenkte seinem Bruder noch einen Karpovka ein. Dann steckten die Brüder die Köpfe zusammen und redeten über alte Zeiten, neue Abenteuer, ihre Heimat und Rennzecken.

Die Familie Tepes und ihre Gäste feierten, bis die Dämmerung einsetzte. Dann hieß es Abschied nehmen.

Feuchtfröhlicher Abend

Auch Dirk van Kombast hatte einen feuchtfröhlichen Abend. Im Gegensatz zu den Tepes hatte er mehr den feuchten Teil erwischt. Er saß auf dem Klo. Sein Gesicht war so weiß. Er hielt die Hände wie zum Gebet zusammengepresst. Seine Augen waren gerötet, seine blonden Haare verklebt. Er schwitzte und hatte gleichzeitig eine Gänsehaut. Alle paar Sekunden zog sich sein Magen zusammen, grummelte und ... explodierte.

Hätte ihn einer der Ärzte oder Schwestern, zu denen er als Pharmavertreter kam, so gesehen, sie hätten ihn nicht wiedererkannt. Dirk van Kombast erkannte sich selbst nicht wieder.

Er nahm einen Schluck aus der Sprudelflasche. Trinken war jetzt wichtig. *Der Flüssigkeitsverlust durch Durchfall kann zu Austrocknung und Elektrolytverlust führen. Bei lang anhaltendem Durchfall können Austrocknung und Elektrolytverlust zum Tode führen*, hatte Dirk van Kombast im Internet gelesen.

Er wollte nicht austrocknen. Seine Salze wollte er auch nicht verlieren. Und sterben wollte er erst recht nicht. Dirk van Kombast war sich sicher, dass der Germania-Dracona-Trunk den Durchfall ausgelöst hatte. Wahrscheinlich vertrugen ihn nur Vampire. Oder vielleicht tranken sie ihn gar nicht, sondern rieben sich den Trunk auf die Zähne. Dirk van Kombast erinnerte sich, dass sein Vampire-Best-Buy-Bug an dieser offenbar entscheidenden Stelle versagt hatte. Er würde die Firma verklagen.

Dirk van Kombast presste die Hände fester zusammen, als sein Magen sich mit einem lauten Grummeln meldete. Immerhin musste es bald vorbei sein. Seit er einen Schluck von dem gefährlichen Vampirtrunk genommen hatte, waren Stunden vergangen. Seitdem hatte er nur Sprudel getrunken und eine halbe Scheibe Brot mit etwas Frischkäse gegessen.

Auch wenn er noch nichts davon merkte: Er war auf dem Weg der Besserung. Bald würde er wieder gesund sein. Bei vollen Kräften. Dann würde er sich rächen. An dem kleinen Pausbackenvampir, der ihm den Pflanzentrunk gestohlen hatte, an den blutgierigen Nachbarn und an allen Vampiren der ganzen Welt. Dirk van Kombast gab nicht so schnell auf. Beim nächsten Mal würden sie ihm nicht entkommen. Das stand fest. Was noch nicht feststand, war der konkrete Plan. Der würde sich finden.

Doch zunächst musste Dirk van Kombast ein anderes, viel dringlicheres Problem lösen: Er starrte ängstlich auf das letzte Klopapierstück in seiner Hand. Er überlegte, wie viele Schritte der nächste Supermarkt entfernt war. Zu viele.

Dirk van Kombast atmete lange aus. Er sah auf das klägliche Klopapierstück in seiner Hand, dann auf seine Puschelhausschuhe. Er dachte an seine Mutter. Plötzlich zog sich sein Magen zusammen. Dirk van Kombast schloss die Augen.

Azdio, bis bald!

Über die Reihenhaussiedlung am nördlichen Rand der Großstadt brach die Abenddämmerung herein. In den Häusern gingen die Lichter an. Jalousien wurden heruntergelassen. Die Bewohner setzten sich mit Salzstangen vor den Fernseher. Oder sie legten sich mit einem Buch ins Bett. Manche stiegen in langen Mänteln auf Dächer.

„Wir kommen bestimmt bald wieder", sagte Vlad Tepes. Er stand mit seiner Familie auf dem Dach des Reihenhauses Nummer 23. Unter dem rechten Arm trug er einen Kanister. Darin war der Germania-Dracona-Trunk.

„Dann bleiben wir mal länger", sagte Tante Karpa.

Mihai nickte erfreut. Elvira zupfte an ihrem Pullover. Die Zwillinge zogen mit einem Seitenblick auf ihren Cousin die Augenbrauen zusammen.

„Wir besuchen euch bald in Bistrien", sagte Mihai.

„Ja!", rief Daka sofort. Am besten, wenn *Krypton Krax* gerade ein Konzert gaben oder die Freestyle-Fly-Meisterschaften waren.

Onkel Vlad und Tante Karpa umarmten ihre Verwandten heftig und tauschten liebevolle Kopfnüsse aus. Woiwo ließ sich von Mihai über die Locken fahren, Elvira kniff ihn in eine seiner Pausbacken und die Zwillinge gaben ihm schnell eine Kopfnuss. Woiwo streckte ihnen zum Abschied die Zunge heraus. Extra weit.

Vlad, Karpa und Woiwo machten sich abflugbereit. Sie streckten die Arme zur Seite aus und senkten die Köpfe.

„Boi fugli!“, rief Mihai und klopft seinem großen Bruder auf die Schulter.

„Wünsch ich euch auch“, sagte Elvira. Elvira Tepes hatte über dreizehn Jahre in Transsilvanien gelebt. Sie wusste, dass ‚boi fugli‘ Vampwanisch war und ‚guter Flug!‘ hieß.

Tante Karpa lächelte ihrer Schwägerin zu. Dann stieß sie kurz und leise auf. „Azdio!“

„Azdio!“, riefen Daka, Silvania, Elvira und Mihai. Sie winkten.

Vlad, Karpa und Woiwo erhoben sich mit ein paar Armschlägen in die Luft. Sie drehten noch eine Ehrenrunde über dem Reihenhaus 23, dann verschwanden sie Richtung Süden und wurden eins mit dem dunklen Nachthimmel.

Elvira und Mihai Tepes verschwanden ins Haus. Elvira wollte die Heimaterde vom Teppich saugen. Mihai wollte im Keller die Rennzecken einsammeln.

Daka sah ihrer transsilvanischen Verwandtschaft nach und seufzte. „Am liebsten wäre ich mitgeflogen.“

„Ich auch“, sagte Silvania leise.

Daka blickte in den Nachthimmel. Sie runzelte die Stirn. Dann drehte sie sich mit einem Ruck zu ihrer Schwester um. „Ich habe gerade verstanden, dass du gerne mit nach Bistrien geflogen wärest." Sie steckte sich den kleinen Finger ins Ohr und wackelte. „Muss ich zum Ohrenarzt oder bist du krank?"

„Nicht krank, traurig. Das ist viel schlimmer", sagte Silvania. „Ich will einfach nur weg."

„Wieso das denn? So schlimm ist es hier auch nicht." Daka legte ihrer Schwester den Arm um die Schulter. Normalerweise war sie es, die in Deutschland alles doof fand und zurück nach Transsilvanien wollte. Silvania fand Menschen toll. Sogar welche, die Knoblauch aßen.

„Doch, hier ist es total schlimm!" Silvania lehnte den Kopf an Dakas Schulter und schluchzte.

Daka zog die Augenbrauen zusammen. Eine Silvania, die schluchzte, weil sie zurück nach Bistrien wollte, war ihr nicht geheuer. Fehlte ihr das frische, warme Blut? Möglich. Hatte sie Sehnsucht nach Bogdan, ihrem Verehrer? Vielleicht. Vermisste sie die langen nächtlichen Ausflüge? Wohl kaum. Wahrscheinlich hatte sie einfach eingesehen, dass in der Welt der Menschen nicht alles so schön war wie in ihren Büchern. Daka hatte schon immer geahnt, dass zu viel lesen nicht gut war und es mal ein böses Erwachen geben würde. Sie fuhr Silvania über die rotbraunen Haare. „Du hast recht. Ein bisschen schlimm ist es hier schon. Die ganzen Tauben …"

Silvania schluchzte.

„… die Straßenbahnen …"

Silvania schniefte.

„… die Rolltreppen …“

Silvania stieß einen kurzen Schrei aus.

Daka sah ihre Schwester erstaunt an. „Ist es das? Die Rolltreppen?“

Silvania schüttelte den Kopf. Eine Träne tropfte von der Nase. „Nein. Meine Rolltreppenbekanntschaft.“

„Dein Nachhilfelehrer?“

Silvania nickte. „Jacob“, sagte sie leise.

„Den findest du schlimm?“ Daka runzelte die Stirn.

„Nein. Den finde ich boibine. Aber nach der Aktion bei uns zu Hause will er mich bestimmt nie wieder sehen.“

„Nur, weil Onkel Vlad ihn kopfüber ausschütteln wollte?“, fragte Daka. In Bistrien machte man das gerne mal. Allerdings nur mit Vamirgartenvampiren.

„Und weil Onkel Vlad am Kronleuchter hing, Tante Karpa Flugpilates machte, Woiwo gerade eine Maus gefuttert hat und du vor seinen Augen geflopst hast.“ Silvania putzte sich die Nase. „Er weiß doch nicht, dass wir Halbvampire und unsere Verwandten Vampire sind. Und das soll er auch nicht wissen.“

Daka kratzte sich hinter dem Ohr. „Na ja. Jetzt weiß er es aber schon. Zumindest weiß er, dass wir nicht ganz normal sind.“

„Eben. Und deswegen will er mit mir nichts mehr zu tun haben.“

„Weil du nicht normal bist?“

Silvania nickte.

„Na ja. Aber ist es nicht besser, er weiß gleich, dass du nicht ganz normal bist?"

„NEIN!", rief Silvania.

Daka zuckte die Schultern. „Das verstehe ich nicht. Ruf ihn doch einfach an und erkläre ihm alles."

„Dass ich ein Halbvampir bin?"

„Klar. Du musst es ihm natürlich schonend beibringen."

„Dann haut er erst recht ab und ich sehe ihn nie, nie, nie wieder."

Daka winkte ab. „Nimmst du dir eben einen anderen Nachhilfelehrer."

Silvania seufzte. „Ich brauche doch gar keine Nachhilfe."

„Na dann." Daka gab ihrer Schwester einen Klaps auf die Schulter.

Silvania verzog das Gesicht zu einem Grinsen. Wie gut, dass sie nicht nur eine Schwester, sondern auch Freunde hatte. Vielleicht hatten Helene und Ludo eine Idee.

Im Wartezimmer der Liebe

Ich finde immer noch, du solltest ihn einfach anrufen", sagte Daka. Sie stand mit Silvania, Helene und Ludo auf dem Schulhof. Vor der ersten Stunde hatten sie über Jacob geredet. In der ersten Pause hatten sie über Jacob geredet. In der zweiten Pause hatten sie über Jacob geredet. Und auf dem Schulhof jetzt auch. Daka verstand nicht, was es da so lange zu reden gab. Sooo spannend war das Thema auch nicht.

Ludo schüttelte den Kopf. „Keine gute Idee."

„Wieso? Siehst du etwas voraus?", fragte Helene.

„Nein. Aber ich habe so ein Gefühl", sagte Ludo. Seine ockerfarbenen Augen glänzten mystisch.

„Und was für eins?", fragte Silvania.

„Ich glaube, Jacob hat Angst vor dir", sagte Ludo.

„Angst? Vor Silvania?" Daka lachte. „Silvania isst noch nicht mal Obstfliegen."

„Das mit der Angst kann gut sein", meinte Helene. „Bestimmt hat ihn die Nachhilfestunde total verschreckt. Eins ist sicher: ER meldet sich nicht mehr bei dir."

Silvania blinzelte. Sie schnaufte. „Alles ist aus, bevor es begann", schluchzte sie.

„Nichts ist aus", sagte Helene. „Du musst Jacob einfach glauben lassen, du wärest völlig normal."

„Und dass das Chaos bei seinem letzten Besuch nur eine Ausnahme war“, fügte Ludo hinzu.

Silvania hob den Kopf. „Und wie soll ich das ‚einfach‘ tun?“

„Erzähl ihm, deine Familie steht auf schräge Halloween-Scherze“, schlug Ludo vor.

„Oder sie haben ein skurriles Theaterstück geprobt“, sagte Helene.

„Und er ist zufällig mitten in die Probe geplatzt“, ergänzte Daka.

„Und wie erkläre ich ihm die fliegende Tante Karpa?“, fragte Silvania.

„Ein bisschen musst du dir auch selber ausdenken“, sagte Ludo.

„Hauptsache, du wirkst glaubwürdig“, meinte Helene. „Die Verpackung macht’s. Am besten, du ziehst dich ganz normal an.“

Silvania zupfte an der kleinen roten Blume an ihrem Hut. „Normal?“

„Diese Kategorie gibt es in Silvanias Kleiderschrank nicht.“ Daka warf einen Blick auf die lilafarbenen Schnabelschuhe ihrer Schwester. Sie sahen cool aus. Aber wie konnte Silvania nur damit laufen?

„In meinem schon“, sagte Helene. „Ich leihe dir eine Jeans und ein T-Shirt. Turnschuhe kannst du auch haben.“

„Und dann?“, fragte Silvania.

„Dann fangen wir ihn an der Rolltreppe ab“, sagte Ludo.

Silvania runzelte die Stirn. „Und dann?“

„Lotsen wir ihn zu dir", sagte Helene.

„Und dann?", fragte Silvania.

„Dann bist du dran", sagte Ludo.

„Alles klar, oder?", meinte Daka. Sie fand, es war Zeit für einen Themenwechsel.

Silvania sah die anderen besorgt an.

„Das wird schon", sagte Helene und strich ihrer Freundin über den Arm.

Silvania lächelte zögerlich. Sie dachte an Jacobs winterhimmelgraue Augen. Sie dachte an den kleinen Leberfleck auf seiner linken Wange. Sie dachte an seine Haut, die im Kerzenschein wie Vanillezuckerglasur geschimmert hatte. Dann seufzte sie lange und laut. Sie musste es versuchen.

Fünf Stunden später saß Silvania auf einer kleinen grünen Bank in der Nähe der U-Bahn-Station Nordheide. Sie hatte eine dunkelblaue Jeans und ein enges rotes Langarmshirt von Helene an. Das heißt, bei Helene war es nicht so eng. Es hatte einen V-Ausschnitt, der mit zwei kleinen Knöpfen zusammengehalten wurde. Silvania rutschte auf die linke Pobacke. Sie rutschte auf die rechte Pobacke. Sie zog die Pobacken zusammen und hielt die Luft an. Die Jeans drückte am Bauch. Silvania dachte eine Sekunde daran, den Hosenknopf zu öffnen. Aber dann ging womöglich der Reißverschluss unbemerkt auf und sie stand mit offenen Jeans vor Jacob. Das wäre alles andere als normal.

Silvania zog den Bauch ein, schlug das rechte Bein über das linke und verschränkte die Hände im

Schoß. Sie versuchte zu lächeln. Ganz natürlich. Sie war ein ganz normales Mädchen, das ganz normal auf einer Bank saß und gleich ganz normal mit ihrem Nachhilfelehrer reden würde.

Helene, Ludo und Daka hatten sich um die Rolltreppe der U-Bahn-Station positioniert. Daka spähte nach unten. Plötzlich pfiff sie. Das Zeichen! Jacob hatte die Rolltreppe betreten.

Daka flopste sich hinter ihn auf die Rolltreppe. Natürlich stand sie nicht hinter ihm. Sie hing rücklings auf dem Geländer und fuhr nach oben. Sie musste schließlich keinen normalen Eindruck machen.

Jacob schielte mit zusammengezogenen Augenbrauen nach hinten. Er musterte Daka einen Moment.

„Hoi boi!“, sagte Daka und grinste.

Jacob zog einen Mundwinkel nach oben. Dann drehte er sich wieder um. Er umklammerte den Riemen seiner Umhängetasche, als müsste er sich festhalten.

Am oberen Ende der Rolltreppe warteten Helene und Ludo auf Jacob. Jacob wusste noch nichts vom Empfangskomitee. Er trat von der Rolltreppe und sah sich nach Daka um. Sie war gerade mit Absteigen beschäftigt. Jacob ging nach rechts. Er kam nicht weit. Beinahe wäre er Ludo auf die Füße getreten.

Jacob sah Ludo verwirrt an. Er versuchte, links an Ludo vorbeizugehen. Ludo stellte sich ihm in den Weg. Jacob versuchte, rechts an Ludo vorbeizugehen. Ludo ließ ihn nicht vorbei. Jacob musterte Ludo. „Was soll das?“

Ludo sagte kein Wort. Er stand vor Jacob und sah ihm ernst in die Augen. Ludo blinzelte nicht. Er wirkte ruhig und felsenfest. Nur in seinen ockerfarbenen Augen lag eine Bewegung. Sie bildeten einen Strudel mit tödlicher Sogwirkung.

Jacob starrte einen Moment in Ludos Augen. Dann schüttelte er den Kopf, machte auf der Ferse kehrt und ging links der Rolltreppe entlang. Das wollte er zumindest. Weit kam er nicht. Er stieß mit Helene zusammen.

„Aber hallo!“, rief Helene. „Da geht’s lang!“ Helene zeigte auf den Fußweg, an dessen Rand Silvania auf der Bank saß.

Jacob sah zu Silvania, dann wieder zu Helene. Er sah zu Ludo, der noch immer rechts der Rolltreppe stand, von der Daka gerade auferstanden war. Jacob holte tief Luft. „Ihr seid echt nicht ganz normal“, murmelte er, schüttelte den Kopf und lief mit schnellen Schritten auf den Fußweg.

Silvania sah Jacob auf sich zukommen. Erwartungsvoll hob sie den Kopf. Sie drückte das Kreuz durch, hielt die Luft an und lächelte.

Jacob stürmte an ihr vorbei.

Silvania sprang auf und lief ihm hinterher. „Warte!“

Jacob drehte sich nicht um.

„Warte! Ich muss mit dir reden“, rief Silvania. „Ganz normal reden.“ Helenes Jeans drückte. Das Shirt spannte. Die Turnschuhe rieben. Am liebsten hätte Silvania sich zu Jacob geflopst. Aber ganz normale Mädchen flopsten nicht. Sehr schade.

Jacob beschleunigte seinen Schritt. Er sah aus wie ein Nordic Walker im Geschwindigkeitsrausch.

„Jacob!“, rief Silvania und riss den Arm in die Höhe. „Ich bin ganz normal!“

Jacob wurde langsamer. Er drehte sich um.

RATSCH! *Pling! Plong!* Die zwei Knöpfe von Silvanias Shirt kullerten auf den Fußweg. Ein Riss ging durch den V-Ausschnitt. Silvanias dunkelblaues Unterhemd mit den kleinen weißen Fledermäusen am Rand kam zum Vorschein.

Silvania zog den Arm schnell wieder nach unten und hielt den Ausschnitt zu. „Fumpfs“, sagte sie leise. Sie hob den Kopf und schielte zu Jacob.

Der hatte sich bereits wieder umgedreht. Er lief jetzt schneller als zuvor.

Silvania beschloss, dass sie eine Ausnahme vom Normalsein machen musste, um Jacob zu beweisen, dass sie normal war. „Onu, zoi, trosch“, flüsterte sie und – *flops* – stand hinter Jacob. Sie tippte ihm auf die Schulter. „Keine Panik. Ich bin’s nur. Deine Nachhilfeschülerin. Pleased to meet you one, two, three.“

Jacob fuhr herum und sah Silvania mit großen Augen an. Einen Moment passierte gar nichts. Jemand schien auf den Pauseknopf gedrückt zu haben. Jacob blickte in Silvanias lindgrüne Augen. Silvania blickte in Jacobs winterhimmelgraue Augen.

Silvania hielt die Luft an. War das nicht der Moment, in dem in den Filmen der Weichzeichner, die

Schlussmelodie und der Kuss kamen? Vorsichtshalber stellte Silvania sich schon mal auf die Zehenspitzen.

Plötzlich drehte sich Jacob wieder um und stürmte nach links auf einen Hauseingang zu.

Silvania vergaß den Weichzeichner, die Schlussmelodie und erst recht den Kuss und stürmte hinterher. Sie sah gerade noch aus den Augenwinkeln das weiß-schwarze Schild am Eingang: *Praxis Dr. Gerlinde Zunder, Allgemeinmedizin*. Silvania dachte nicht lange nach und folgte Jacob durch die Eingangstür.

Jacob saß im Wartezimmer. Links neben ihm saß ein fülliger Mann in einem karierten Hemd mit roten Wangen und einem zerbeulten grauen Filzhut. Rechts neben ihm saß eine zierliche Frau mit halblangen aschblonden Haaren und einer Brille mit dickem buntem Gestell. Auf ihrem Schoß lagen zerknüllte Papiertaschentücher. Sie drückte unentwegt ein Taschentuch an die Nase, die schon ganz rot war und farblich gut zum Brillengestell passte.

Einen Moment stand Silvania unentschlossen im Wartezimmer.

Jacob saß steif wie ein Surfbrett da und beobachtete sie.

Silvania ließ ihren Blick durch das Zimmer schweifen. Sollte alles hier enden, in der Praxis von Dr. Gerlinde Zunder? Das war nicht besser als das Ende bei den Tepes im Wohnzimmer. Nein, das war sogar schlechter. Silvania musste mit Jacob reden. Sofort. Das Wartezimmer war eigentlich der perfekte Ort.

Es war schön ruhig. Es war warm. Es roch nach Putzmittel. Sollte Jacob nach dem Gespräch sagen, er wolle nie wieder etwas mit Silvania zu tun haben, konnte sie sich von Dr. Gerlinde Zunder gleich vier Wochen krankschreiben lassen. So lange dauerte Herzschmerz mindestens, davon war Silvania überzeugt.

Silvania nahm sich einen Hocker, stellte ihn direkt vor Jacob und setzte sich.

Jacob starrte Silvania an.

Der Mann mit dem Filzhut runzelte die Stirn. Sein Hut wackelte.

Die Frau mit den Taschentüchern sah über den Brillenrand.

„Am besten, du sagst erst mal gar nichts", begann Silvania im Flüsterton. „Hör einfach zu."

Jacob nickte. Er hatte sowieso nicht vorgehabt, etwas zu sagen.

„Das, was bei unserer Nachhilfestunde passiert ist, tut mir leid", sagte Silvania. Und sie meinte es auch. „Am besten, du vergisst es einfach. Geht das?"

Der Mann mit dem Filzhut und die Frau mit den Taschentüchern schielten zu Jacob.

Jacob schüttelte den Kopf.

Der Mann mit dem Filzhut und die Frau mit den Taschentüchern sahen wieder zu Silvania.

„Dachte ich mir." Silvania seufzte. „Ich kann das alles erklären. Es ist alles vollkommen normal. Genau wie ich. Total normal. Haha." Silvania räusperte sich. Das Lachen am Ende war etwas zu schrill herausgekommen.

Jacob runzelte die Stirn.

Die Frau mit den Taschentüchern musterte Silvanias Fledermaus-Unterhemd und wich etwas zurück.

„Unsere ganze Familie ist total normal. Normalerweise. Wir hatten nur gerade Besuch von Onkel Vlad. Das ist der, der …“

„Der mich kopfüber ausschütteln wollte?“, fragte Jacob.

„Genau.“

Der Filzhut wackelte heftig. Der Mann sah von Jacob zu Silvania und wieder zurück.

„Jedenfalls ist Onkel Vlads Familie total theaterverrückt. Aber sonst sind sie natürlich nicht verrückt. Sie haben bei uns ein Theaterstück geprobt. Für Halloween, verstehst du? Als kleinen Halloween-Scherz haben sich dich gleich in die Probe eingebaut.“

Silvania lächelte, so schön sie konnte. Und so normal.

„Als Scherz?“ Jacob richtete sich auf seinem Stuhl auf.

„Ich weiß. Der Humor von Onkel Vlad ist gewöhnungsbedürftig“, sagte Silvania schnell.

Jacob nickte langsam. „Und wieso hat dein Onkel ein grünes und ein orangefarbenes Auge?“

Die Taschentuchfrau ließ das Taschentuch sinken und musterte Silvania genauer.

„Äh … Kontaktlinsen. Das gehört alles zum Kostüm. Und bevor du fragst: die Zähne auch“, erwiderte Silvania.

„Der Mäuseschwanz, der dem kleinen dicken Jungen aus dem Mund hing, auch?“, fragte Jacob.

Silvania nickte.

Die Taschentuchfrau verzog das Gesicht. Sie schnaufte dreimal hintereinander.

„Cooles Kostüm“, meinte Jacob und nickte anerkennend. Dann runzelte er die Stirn. „Aber was war mit der Frau mit dem riesengroßen Haarturm?“

„Das war Tante Karpa.“

„Die ist geflogen“, sagte Jacob.

Der Mann mit dem Filzhut tippte sich an die Stirn und schob den Hut nach hinten. Er sah vergnügt von Silvania zu Jacob. Endlich war mal was los im Wartezimmer von Dr. Gerlinde Zunder.

„GEFLOGEN?“ Silvania prustete. „Du glaubst doch nicht, dass sie wirklich geflogen ist?“

Die Frau mit der bunten Brille kicherte kurz ins Taschentuch.

Jacob zuckte mit den Schultern. „Es sah aber so aus.“

„Natürlich hing Tante Karpa an einem Seil. Sie hatte eine Flugnummer im Theaterstück“, erklärte Silvania.

„Ich habe aber kein Seil gesehen“, meinte Jacob.

„Tante Karpa spielt immer sehr überzeugend“, sagte Silvania.

Jacob musterte Silvania einen Moment. „Sieht so aus, als ob ihr alle richtig gute Schauspieler seid.“

„Echt? Oh, datiboi ... äh, ich meine danke.“ Silvania zupfte an einer Haarsträhne. Sie hoffte, dass sich nicht schon wieder rote Ringe um ihre Augen ausbreiteten. „Aber vor allem sind wir vollkommen normale … ähm … Menschen. Siehst du. “ Sie deutete auf ihre Klamotten. „Ganz normal.“

Jacob betrachtete die enge Jeans, das zerrissene Shirt und das Feldermaus-Unterhemd.

Als Silvania seinen Blick bemerkte, fasste sie schnell den zerrissenen V-Ausschnitt zusammen. Mit der anderen Hand kramte sie in der Hosentasche. Es dauerte ein paar Sekunden, da Silvania ihre Hand beinahe nicht mehr aus der Tasche bekam. „Hier“, sagte sie schließlich und hielt Jacob einen zerknitterten Fünfeuroschein entgegen.

„Wofür ist das?“

„Für die Nachhilfestunde. Die fünfundfünfzig Cent bekommst du später.“

Jacob winkte ab. „Wir haben doch kaum was gemacht. Heb das Geld lieber auf für die nächste Stunde.“

„Die nächste … du meinst … du kommst noch mal zu mir zur Nachhilfe?“

„Aber nur, wenn dein durchgeknallter Onkel nicht mehr da ist“, sagte Jacob.

Der Mann mit dem Filzhut nickte.

„Onkel Vlad? Ist schon weg!“ Silvania streifte die Hände aneinander ab und pustete dann auf die Handflächen, als wäre Onkel Vlad ein Krümel.

„Okay. Dann nächste Woche gleiche Zeit?“, fragte Jacob.

Silvania nickte. Sie hörte gar nicht mehr auf zu nicken. Sie stellte jeden Wackeldackel in den Schatten.

Jacob beugte sich etwas vor. Er flüsterte Silvania zu: „Ziehst du dich dann nicht so komisch an wie heute, sondern so cool wie beim letzten Mal?" Unter Jacobs Augen bildeten sich zwei kleine, längliche rote Flecken. „Ich mag nämlich deinen Stil."

Um Silvanias Augen leuchteten schlagartig zwei knallrote Ringe auf. Sie hätte gerne etwas erwidert. Aber ihre Zunge klebte am Gaumen fest. Vielleicht war es auch gut so. Sonst hätte sie nur etwas Albernes gesagt. Silvania nickte einfach immer weiter und strahlte Jacob dabei an.

Jacob grinste zurück.

Der Mann mit dem Filzhut seufzte.

Die Frau mit den Taschentüchern putzte ihre Brille. Dann schniefte sie.

So ein Happy End hatte es im Wartezimmer der Praxis von Dr. Gerlinde Zunder schon lange nicht mehr gegeben.

Boi noap, sister S!

Der Vollmond stand über dem kleinen Wäldchen und sah auf die Reihenhaussiedlung am nördlichen Rand der Großstadt hinab. Eine schwarze Katze tippelte lautlos durch den Lindenweg. Am Reihenhaus Nummer 21 blieb sie kurz stehen und hob den Kopf. Aus einem kleinen Fenster fiel Licht. Dahinter ächzte jemand. Dann rauschte es. Das Fenster war gekippt. Ein unangenehmer Geruch schlängelte sich nach draußen. Die Katze kräuselte die Nase. Sie fuhr sich mit einer Pfote über die Schnurrhaare. Dann lief sie schnell weiter.

In der oberen Etage des Reihenhauses Nummer 23 brannte ebenfalls noch Licht. Daka und Silvania Tepes konnten nicht schlafen. Es war zu dunkel zum Schlafen. Außerdem war in den letzten beiden Tagen zu viel passiert.

Daka lag in ihrem Schiffsschaukelsarg. Ein Bein hing über dem Bettrand. Mit einem langen Stock stieß sich Daka vom Fußboden ab. Der Schiffsschaukelsarg wackelte und quietschte sanft. Daka hatte ihr Spinnenkissen unter den Kopf gelegt und pfiff leise ihr Lieblingslied von *Krypton Krax* vor sich hin. Dabei dachte sie an den Friedhof des Grauens. Was war wohl aus Osmund Mortus Daemon geworden? Hatte er sich vor Kummer ins Höllenloch gestürzt? Tüftelte er an neuen Methoden zur Vampirjagd? Oder saß er auf dem Grabstein und puhlte sich die Würmer aus den Haaren? Daka wusste es nicht. Und sie würde es wohl nie erfahren. Denn ein zweites Mal würde sie sich nicht auf den Friedhof des Grauens wagen.

Silvania saß im Schneidersitz auf ihrem verschnörkelten Metallbett. Auch sie war in Gedanken woanders. Allerdings nicht auf dem Friedhof des Grauens. Sie hatte ein langes altrosafarbenes Nachthemd an. Am Kragen und an den Ärmeln waren große, bauschige Rosen aufgenäht. Mit einer Hand umklammerte sie den Kettenanhänger mit der Heimaterde und dem Bild von Oma Zezci und mit der anderen einen kleinen Zettel. Sie starrte vor sich hin und lächelte. Alle paar Sekunden seufzte sie.

Daka schielte zu ihrer Schwester. Musste sie sich Sorgen machen? Normalerweise steckte Silvania um diese Zeit die Nase in ein dickes Buch, probierte neue Frisuren aus oder machte einen Schönheitsschlaf. War ihre Schwester überhaupt noch ansprechbar? „Hast du gehört, dass Onkel Vlad eine Flugpost geschickt hat?“, versuchte es Daka.

Silvania lächelte und nickte.

„Der Dracona-Trunk hat gewirkt. Sind alle wieder gesund in Bistrien“, fuhr Daka fort.

Silvania lächelte.

„Onkel Vlad hat allen von unserer Heldentat erzählt. Wie wir den fürchterlichen Geist von Osmund Mortus besiegt haben.“ Daka kicherte.

„Wie schön“, sagte Silvania.

Daka richtete sich auf und sah ihre Schwester an.

„Ich fliege morgen in die Schule und beiße Herrn Graup."
Silvania lächelte. „Toll."
„Dann sauge ich ihn blutleer, bis von unserem Klassenlehrer nur noch eine labberige Hülle übrig ist."
„Ganz prima", meinte Silvania.
„Du hörst mir überhaupt nicht zu!", rief Daka.
„Was?" Silvania blinzelte. „Doch, klar, ich höre dir zu. Du ... äh ... du saugst ... Staub?"
Daka fuhr sich durch ihren Stachelhaarschopf. „Was ist mit dir los? Den ganzen Abend seufzt du und lächelst die Luft an. Und was ist das überhaupt für ein Zettel in deiner Hand?"
Silvania sah auf den Zettel. Sie lächelte. Sie seufzte. „Das ist die Telefonnummer von Jacob." Sie fügte leise hinzu: „Ich kann sie schon auswendig."
Daka zog die Augenbrauen hoch. Sie warf Karlheinz einen verschwörerischen Blick zu. Schwestern!
Karlheinz sah ausdruckslos aus seinem Aquarium. Er hatte keine Schwestern.
„Und, hast du Jacob schon angerufen?", fragte Daka.
„Bist du verrückt!", rief Silvania.
Daka sah fragend zu Karlheinz. Wozu brauchte man eine Telefonnummer, wenn man nicht anrief? Karlheinz wusste es auch nicht.
Daka musterte ihre Schwester. Silvania spielte gerade mit einer Hand an einer der Rosen am Kragen. Mit der anderen rieb sie an ihrem großen, knallbun-

ten Ohrring, der wie ein Lolli aussah. Sie fuhr sich mit der Zunge über ihre Eckzähne. Sie brauchten mal wieder Dentiküre. „Und Jacob hat dir echt abgenommen, dass du normal bist?“

„Ich glaube schon“, sagte Silvania. „Nur vor Onkel Vlad hat er Angst.“

„Das ist auch besser so“, meinte Daka. Schließlich war Onkel Vlad ein echter Vampir aus Transsilvanien und Kandidat des Blutigen Einheitsflügels.

Einen Moment wurde es still im Zimmer der Halbvampirzwillinge.

„Daka?“, sagte Silvania leise.

„Hm.“

„Jacob hat gesagt, er mag meinen Stil.“

Daka zog eine Augenbraue in die Höhe. „Das ist gut, oder?“

Silvania nickte. „Meinst du, das hat etwas zu bedeuten?“

„Klar. Das bedeutet, dass er deinen Stil mag.“

„Ja. Aber bedeutet es noch mehr?“, fragte Silvania.

Daka runzelte die Stirn. Sie stülpte die Lippen nach außen. „Wahrscheinlich, dass er auch nicht ganz normal ist.“

„Datiboi auch!“, rief Silvania und warf einen ihrer Hüte auf ihre Schwester.

„Wieso? Dann passt ihr doch boibine zusammen.“ Daka hatte den Hut abgefangen und aufgesetzt.

Silvania sah Daka einen Moment nachdenklich an. „Stimmt.“ Manchmal hatten sieben Minuten jüngere Schwestern einfach nur total recht.

Daka grinste Silvania zu. „Boi noap, sister S!“
„Boi noap, Daka.“
Silvania schaltete das Licht aus. Daka setzte den Hut ab und schmiegte sich in ihr Spinnenkopfkissen. Sie hoffte, dass ihr im Traum nicht die eisblauen Augen von Osmund Mortus Daemon erschienen, sondern die orangefarbenen vom Sänger von *Krypton Krax*.
Silvania lag noch lange wach und starrte an die dunkle Zimmerdecke. Für sie war sie hellgrau wie ein Winterhimmel.
Karlheinz saß im Aquarium und war mit seiner Verdauung beschäftigt. Genau wie Herr van Kombast.
Es war eine friedliche Nacht. Bis auf das Ächzen und Rauschen nebenan waren nur die Rufe der Eulen aus dem Wäldchen zu hören. Die Nacht legte ihren dunklen Mantel über die Stadt. Bis ein neuer Tag in der Reihenhaussiedlung am nördlichen Rand der Großstadt begann …

Franziska Gehm wurde 1974 in Sondershausen geboren. In Jena, Limerick und Sunderland studierte sie Anglistik, Psychologie und Interkulturelle Wirtschaftskommunikation. Nach dem Studium unterrichtete sie an einem Gymnasium in Dänemark, arbeitete bei einem Wiener Radiosender und als Kinderbuchlektorin. Sie lebt als Autorin und Übersetzerin in München.

Weitere Abenteuer im Anflug ...

Band 1

Band 2

Band 4

Band 5

Band 6

Band 7